Armin Mueller-Stahl
Hannah

Armin Mueller-Stahl

Hannah

Erzählung

Aufbau-Verlag

Von diesem Titel erscheint gleichzeitig
eine limitierte Vorzugsausgabe
mit einer Originallithographie (numeriert und signiert)
von Armin Mueller-Stahl
(ISBN 3-351-03025-8)

ISBN 3-351-03024-X
1. Auflage 2004

Einbandgestaltung Harald Braun, Berlin
Druck und Binden
Offizin Andersen Nexö, Leipzig
Printed in Germany

www.aufbau-verlag.de

Das Heft schob ich unter die drei Bücher, die auf dem Schreibtisch lagen, die Kassetten legte ich neben den Recorder, Anzug und Unterwäsche in den Schrank. Die Gardine zog ich vors Fenster – die Sonne spiegelte sich auf der polierten Schreibtischplatte, daß es den Augen schmerzte –, und meine Aufzeichnungen, Hannah betreffend, legte ich neben die drei Bücher. Dann schob ich die Kassette mit den Brahms-Sonaten opus 77 und opus 108 in den Recorder, Hannah spielte, für einen Augenblick hörte ich ihr zu. Was für eine wunderbare Geigerin, dachte ich.

Aber jetzt mochte ich sie doch nicht hören, konnte es nicht. Meine Gedanken waren bei Arnold, bei unserem Gespräch, das folgen würde. Ich stellte den Recorder aus, nein, nicht aus, das kriegte ich nicht übers Herz, ich stellte ihn leiser, Hannah sollte präsent bleiben … Holte Schlafanzug und Reisewecker aus dem Koffer, den ich schloß und in eine Ecke schob, Schlafanzug aufs Bett, Reisewecker auf den Nachttisch, fünf vor vier, bis zum Treffen noch zwei

Stunden Zeit. Was tun? Wanderte vom Schlafzimmer ins Bad, bewunderte die edlen Materialien, meist Marmor, auf einem Schemel dekoriert zwei weiße Bademäntel und zwei in Zellophan verpackte Schluppfen oder Pantöffelchen, wanderte zurück in den Wohnraum, blätterte in den hoteleigenen Magazinen, die auf dem Couchtisch pingelig der Größe nach geordnet waren, blätterte, ohne etwas zu lesen oder lesen zu wollen, unbewußtes Blättern ... Dabei dachte ich an das Gespräch mit Arnold, meinem einzigen Freund noch aus Schulzeiten, wie wird es ausgehen?

Während ich darüber nachdachte, suchte ich nach etwas, aber was suchte ich? Ja richtig, das Telefon, wo ist es? Auf dem Schreibtisch natürlich, wo sonst, bestellte an der Rezeption für achtzehn Uhr einen Tisch im Restaurant, für zwei Personen, möglichst in einer hinteren Ecke, wo wir ungestört essen und uns unterhalten könnten.

Ich blickte mich in der Suite 101 um: Wo wird Arnold sitzen und wo ich? Arnold im Sessel vor dem Fenster und ich am Schreibtisch ... Oder? Er am Schreibtisch und ich im Sessel? Nein, nein, besser ich am Schreibtisch und er am Fenster. Auf dem Schreibtisch sind ja meine Unterlagen, sein Heft. Nicht vergessen, es ihm zurückzugeben!

Also er am Fenster, ja, er am Fenster. Wenn er noch so ist, dachte ich, wie er als Schüler war, wird er häufig aus dem Fenster blicken und mir den Rücken zudrehen, wie er es als Schüler getan hatte, wenn ich mit etwas kam, was er nicht hören wollte. Dann stellte er sich vors Fenster und pfiff leise vor sich hin. Und ich, jähzornig, wie ich war, hätte ihn aus dem Fenster schmeißen können. Der Rücken und das leise Pfeifen. Ja, so war ich, und so war er, aber das ist sechzig Jahre her …

Die Luft in der Suite schien mir verbraucht, ich schob die Gardine, die ich gerade wegen der Sonne vors Fenster gezogen hatte, zur Seite und öffnete es einen Spalt. Luft, Clavigo, Luft! Blickte auf den Schloßhof: Drei Taxen vor dem Eingang, aus denen schwere Koffer gehievt wurden, sie mußten gerade angekommen sein. Der Chef des Hauses begrüßte die Gäste wie alte Bekannte. Von woher mögen sie angereist sein? Aus Johannesburg, Kapstadt? In beiden Städten hatte Hannah konzertiert …

Oh Hannah, oh Hannah, ich beschäftige mich mit Arnold und denke an dich. Aber ich werde ja auch über dich zu sprechen haben, den ganzen Abend über dich. Vielleicht waren diese eleganten Herren Besucher deiner Konzerte, vielleicht könnten sie Auskünfte geben? Aber das ist vier Jahre her …

In der Ferne sah ich die Spitzen des Kölner Doms wie Bleistiftspitzen in den Himmel ragen. Gut angespitzte Bleistiftspitzen. Der Vergleich hatte etwas Lächerliches, und ich mußte lachen. Ich wunderte mich, daß ich lachen konnte, obwohl mir nach Lachen gar nicht zumute sein dürfte. Aber das Lachen ist unberechenbar, es richtet sich nicht nach Stimmung, nach Schmerz. Es kommt, wann und wie es will. Und vielleicht gelingt es mir, das Ernste mit

Heiterkeit und Humor abzuhandeln, wie Arnold es meistens so vorzüglich gelang. Aber wenn nicht, dann eben nicht, dachte ich.

Ich habe noch zwei Stunden Zeit, um mir das Bensberger Schloß anzusehen. Es war, nebenbei gesagt, Arnolds Vorschlag gewesen, sich im Bensberger Schloß zu treffen. Er hätte in Köln zu tun. Ein wunderbares Hotel, die Küche ebenso. Und es war seit langem mein Wunsch (von dem Arnold nichts wissen konnte), dieses Hotel als Bühne für einen Roman zu benutzen, in dem Maria de' Medici eine wichtige Rolle spielen sollte. Ich verließ meine Suite und wanderte durch die langen, mit Teppichen ausgelegten Gänge und zählte die Türen bis zum Restaurant. Zehn goldumrahmte Türen, zähle ich die Fahrstuhltüre mit, allerdings die nicht umrahmt, sondern aus Gold im ganzen.

Warum die goldumrahmten Glastüren? fragte ich einen Herrn an der Rezeption.

Wegen des Feuers, die goldenen Türen sollen sich einem eventuellen Feuer entgegenstellen, es dem Feuer erschweren, sich auszubreiten, antwortete der Herr sehr elegant.

Meinen Sie, daß das gelingen würde?

O ja, antwortete der Herr, durchaus möglich, wahrscheinlich sogar sicher, daß es von Tür zu Tür in kurzen Abschnitten – der Herr zeigte die Kürze der Abschnitte mit Daumen und Zeigefinger an – gelöscht werden kann. Daran wurde lange gearbeitet, denn das Schloß hat in seiner langen Geschichte einige Feuer hinter sich. Sie sollten wissen, es wurde Lazarett, Kadettenhaus, Kaserne, Napola, Obdachlosenunterkunft und von 1993 bis 1997 Asylantenheim für bosnische Flüchtlinge, bis es dann zu seiner eigentlichen Bestimmung fand, nämlich wie heute zu sein: schön und luxuriös, sagte der Herr, die Worte mit weichen, eleganten Gesten unterstützend. Und ich dachte, hoffentlich wird das Gespräch mit Arnold keine Feuer erzeugen, um von den Türen aufgehalten werden zu müssen. Besonders dann, wenn wir beide nicht mehr in der Lage sein sollten, es selbst zu löschen, weil wir unsere Nerven verloren haben, denn so könnte es werden – trotz unseres Alters, trotz unserer Bemühung, es mit Heiterkeit und Humor zu führen. Und wer kann schon vorhersagen, wie es verlaufen wird. Ich kann es nicht, dachte ich. Gespräche folgen ihren eigenen Gesetzen, man kann sich vornehmen, was man will. Außerdem will ich ja gar kein Gespräch, ich will anklagen, beschuldigen, die Wahrheit sagen, die Wahrheit um der Wahrheit willen, alles sagen, was ich mit Hannah erlebt habe, alles, was Helen und ich durchmachten, alles, was Arnold und mich anging.

Als wir uns kurz vor achtzehn Uhr am Eingang des Hotels trafen, kriegte ich einen Schreck. Ich hatte Arnold vier Jahre nicht gesehen, und nun sah ich ihn, gealtert, bleich und faltig, etwas kleiner, etwas gebeugter, kaum wiederzuerkennen. Waren es wirklich nur vier Jahre, oder waren es vielleicht doch Jahrzehnte gewesen? Dieser Gedanke schoß mir durch den Kopf, als ich ihm die Hand reichte. Wie mag er mich sehen? Bin ich auch gealtert wie er? Mir war fast übel von diesem Schreck. Immer wieder blickte ich ihn so unauffällig wie möglich von der Seite an, hatte es nicht für möglich gehalten, daß vier Jahre ein Gesicht, richtiger einen Menschen so verändern können. Was war mit seiner Krankheit?

Die Spannung wich erst, als wir durch den Gang zum Restaurant schritten – in diesen Gängen kann man nur schreiten. Die Nähe der kühlen, jahrhundertealten Wände gab mir das Gefühl, nicht gealtert, jünger zu sein. Ich bin nicht 1703 geboren wie dieses Gemäuer – Kunststück, sich jünger zu fühlen. Auch Arnold schien im Dämmerlicht des Ganges jünger zu werden. Er schritt nun aufrecht neben mir her. Die Schritte konnten auf den ausgelegten Teppichen nicht widerhallen, dennoch glaubte ich sie zu hören, merkwürdige dumpfe Laute, von der Decke des Ganges kommend, also über uns, aber auch seitlich von den Wänden abprallend, dumpfe Laute in Stereo gewissermaßen. Das alte Gebäude mit seinen dicken steinernen Wänden gab uns das Gefühl, aufrecht schreiten zu müssen, uns wie Krieger zu behaupten, ausgerechnet wir beide Krieger … Beinahe mußte ich lachen, und Arnold fragte mich: Warum lachst du?

Tue ich das? erwiderte ich.

Merkst du es nicht?

Du hast recht, sagte ich, ich sollte es merken.

Pause.

Dann sagte ich etwas Provozierendes, wollte herausfinden, ob Arnolds Rasierspiegel ihm die Wahrheit vorenthalten habe, wie sehr er in den letzten vier Jahren gealtert war. Ich sagte: Immer, wenn mich jemand fragt, wie alt sind Sie?, und ich mein Alter nenne, hoffe ich auf Protest. Nein. Nein, nein! Sechzig Jahre ja, aber über siebzig, unmöglich, unmöglich! Statt dessen: keine Reaktion. Schweigen. Das bringt mich auf den Gedanken, daß ich wohl so alt aussehe, wie ich bin.

Schweigen von Arnold.

Wir schwiegen auch, als das Essen serviert wurde, wir aßen, tranken Wein – und schwiegen. Wir wußten beide, daß uns ein langes Gespräch bevorstand, wir sparten unsere Kräfte.

Erst beim abschließenden Kaffee sagte Arnold, er sei nun bereit, mich anzuhören. Und ob ich mich übers Fernsehen informiert hätte?

Über den Krieg?

Ja.

Pause.

Wenn die Präsidenten mit Beten anfangen, ist's der Welt immer schon schlecht gegangen, sagte er, und dann: Laß uns zahlen und gehen!

Das Essen bezahlte ich, Arnold wollte sich beteiligen.

Nein, nur ich, sagte ich.

Dann gingen wir zurück zum Fahrstuhl, dessen goldene Tür sich öffnete. Wir stiegen ein. Wer als erster? Arnold oder ich? Natürlich Arnold, ich wohne im Hotel, der Besucher hat Vortritt. Die Türe schloß sich, und wir schossen geräuschlos einen Stock aufwärts. Die Türe öffnete sich, und Arnold wollte nun mir den Vortritt lassen.

Nein, immer noch du, sagte ich.

Wir schritten also durch die langen Gänge, uns gegenseitig jünger zeigend, als wir uns fühlten, mußten neun goldumrahmte Türen öffnen, und dann schloß ich die letzte Tür auf, die nicht golden war, sondern weiß, schlichtes Weiß, die Tür zu meiner Suite.

Nein, nein, nein, sagte ich, ich kann nicht hassen, ich kann nicht hassen, ich hasse dich nicht. Ich schreie, tobe, zertrümmere Tassen, Teller, gelegentlich auch Möbel – aber hassen, nein! Du erinnerst dich an meine Ausbrüche, sechzig Jahre ist das her, erinnerst du dich, als du mir zum Beispiel sagtest: Du wirst nie ein Schriftsteller.

Warum, fragte ich, werde ich nie ein Schriftsteller?

Nie! erwidertest du.

Nie ist kein Grund, sagte ich.

Doch, sagtest du.

Wieso ist nie ein Grund? Du weißt, daß ich die besseren Aufsätze schreibe, wieso also nie?

Weil du nie ein Schriftsteller werden wirst!

Natürlich war mir klar, daß du mich provozieren wolltest, dennoch wurde ich wütend, ich schrie, polterte: Deine Einsen in Mathe und Chemie sind die stumpfsinnigsten Einsen auf der Welt! Ich sagte stumpfsinnigsten, erinnerst du dich? Lange hatte ich mir schon überlegt, wie ich, wenn es nötig würde, deine Einsen am eindrucksvollsten abwerten könnte, und da fiel mir stumpfsinnig ein. Mein Stumpfsinnig gegen dein Nie.

Nie ein Schriftsteller ... Diese Worte brachten mich um den Verstand. Deine stumpfsinnigen Einsen hast du erbüffelt, deinen ehrgeizigen Schädel in deine auf den Schreibtisch aufgestützten Hände gepflanzt, so sehe ich dich, und was getan? Gebüffelt! Gebüffelt, gepaukt, gebüffelt! Das hast du getan, ohne eine Hauch von Kreativität. Und dann fiel dir ein, wie du mich beleidigen könntest, und was fiel dir ein? Ein Nie fiel dir ein. Diese Nies kamen aus deinem Munde in regelmäßigen Abständen, und ich spürte, daß sie auf einer Woge von Haß getragen wurden, und ich konnte nicht herausfinden, warum es deinen Haß gab, woher er kam.

Pause.

Ich habe nie deine Hände vergessen, wie sie über eine Heftseite strichen, wenn du etwas geschrieben hattest, voller Genuß, dann ließest du sie liegen, flach auf die Seiten gelegt, so ließest du sie liegen, die Worte und Gedanken verdeckend. Du wolltest mich nicht teilhaben lassen an deinem Leben. Ich gestehe, deine Hände machten mich verrückt, ich sah ihnen zu, als sei durch sie oder mit ihnen ein Rätsel zu lösen. Ja, deine Hände. Vielleicht würden sie mir das Geheimnis deines Hasses gegen mich lüften, wenn du das Geschriebene einmal nicht zudecktest. Ich sah deinen Händen zu, wie sie einen Füllhalter zuschraubten, ein Brötchen aufschnitten, einen Bleistift anspitzten, wie du schriebst, wie du Geheimnisse notiertest. Aber du warst darauf bedacht, daß ich, der ich neben dir die Schulbank drückte, nichts lesen konnte. Selbst nur angefangene Seiten decktest du mit deinen Händen ab. Jedes Schielen, jedes Linsen wurde von dir entdeckt. Nein, deine Notizen waren nur für dich.

Und wie sorgfältig du deine Geheimnisse notiertest, von der ersten bis zur letzten Seite vorbildlich. Deine Gedanken blieben im verborgenen, deine Schrift dagegen nicht. Kein Zorn, kein Ausbruch war in ihr enthalten. Kalte Überlegung, kalte Schönschrift. Wie anders meine dagegen! Jede Gefühlsböe war ihr anzusehen. Daß ich eine ganze Seite in Schönschrift durchgehalten hätte, hat es bis zum heutigen Tage nicht gegeben.

Ich stellte mir vor, deine Hände auf dem Körper einer Frau, ja, das stellte ich mir vor. Und ich wollte es gar nicht. Wieviel Liebe hast du gestohlen, und was hatte die gestohlene Liebe bei dir bewirkt? Auch Hannah hatte deine Hände beobachtet – aber davon werde ich noch berichten.

Ich gebe zu, in meinen Vorstellungen ist alles gewaltiger, aufregender als in der Wirklichkeit. Das ist die Diskrepanz zwischen Vision und Realität. Wahrscheinlich warst du ein ausgehungerter Mann, der nach Liebe lechzte und versuchte sie zu bekommen, wo er sie kriegen konnte.

Ich wollte alles über dich herausfinden. In einer unbeobachteten Minute stahl ich dir dein Heft aus der Schultasche. Ja, das tat ich. Meine Neugier war größer als mein Anstand und meine Vorsicht. Ich weiß, das verschwundene Heft beschäftigte dich lange Zeit. Du hast mich beschuldigt, es gestohlen zu haben, nicht mit Worten, nein, mit Gesten, Blicken, Wegrutschen von mir auf der gemeinsamen Bank. So sprachst du mich schuldig, der ich auch schuldig war. Ich bemühte mich, unschuldig auszusehen: Was hast du, was ist mit dir? Aber meine unschuldige Miene wurde von dir nicht akzeptiert, nein, du ließest mich weiterhin fühlen, daß du wußtest, daß ich das Heft gestohlen hatte. Und ich spielte dir weiterhin meine Unschuld vor, ein stummes Spiel mit zwei Aussagen, von denen nur deine stimmte, von denen aber nur ich die Wahrheit kannte. Und was las ich in deinem Heft? Eine Geheimschrift, von mir nicht zu entschlüsseln, Hieroglyphen …

Und hier begann nun meine Abhängigkeit von dir, denn jetzt wollte ich alles über dich wissen, alles herauskriegen. Was du denkst, was du fühlst, wen du liebst, warum deine Geheimnisse. Aber ich gestehe, auf diesem Gebiet war ich ein Stümper. Wie ein Magier warfst du die Arme auf und ab, aber – das Geheimnis steckte nicht in der großen Bewegung, der ich zublickte, das Geheimnis steckte im Zucken eines Fingers. Und was war das Geheimnis? Du trafst dich mit Helen. –

Ich möchte einen Augenblick unterbrechen, sagte ich. Ich stand auf, schob Hannahs Mendelssohn-Konzert in den Recorder. Sie spielte es unvergleichlich, nie habe ich es schöner, leichter, anmutiger gehört als von ihr. Der letzte Satz wie ein Tanz über den Wolken. Für Augenblicke blieb ich stumm.

Auch Arnold verharrte am Fenster, wir waren gefangen von Hannahs sensiblem Ton, ihrem kurzen Vibrato. Was für eine göttliche Geigerin, mir wollten die Tränen kommen, die ich um nichts in der Welt kommen lassen wollte. Ganz verhindern konnte ich sie aber nicht. Perfektion auf dieser Stufe bleibt unerreicht. Die menschlichen Grenzen sind gesprengt, der Himmel selbst musiziert. Hannah …

Wie konnte geschehen, was geschehen ist? Fragen, die ich an Arnold habe und der sie mir nicht beantworten wird. Oder? Wird er sie beantworten? Aber – kenne ich nicht die Antworten?

Arnold, neben dem Fenster sitzend, machte es etwas weiter auf, die Luft war immer noch stickig, er öffnete den obersten Knopf seines Kragens und lehnte sich schwerfällig in den Sessel zurück. Hannahs Geige beherrschte uns, ich kriegte es nur schwer übers Herz, sie leiser zu stellen, leiser, ja, leiser …

Ich räusperte mich und sagte: Ich möchte gerne fortfahren, doch bevor ich es tue, möchte ich dir dein Heft wiedergeben, das ich dir vor mehr als sechzig Jahren stahl, was ich nie zugegeben habe. Ich mußte es ja auch nicht, da du mich nie direkt danach gefragt hattest. Hier, sagte ich, hier hast du es, und ich bitte, meinen damaligen Diebstahl zu entschuldigen.

Arnold beugte sich vor und nahm das vergilbte, abgegriffene Heft wortlos, schob es in seine Jacketttasche, ohne mich anzublicken. Nach einer kurzen Pause sagte er: Warum hast du Hannah leise gestellt?

Du hast recht, sagte ich, und probierte auf der Fernbedienung eine Lautstärke, die Hannahs Spiel wieder in der Vordergrund rückte, aber ein Gespräch noch zuließ.

Hannah soll nicht im Hintergrund bleiben, sagte ich, und das wird sie auch nicht, da sie die Hauptfigur an diesem Abend sein wird.

Ich hatte eine denkwürdige Auseinandersetzung mit Helen. Sie bestand darauf, daß ich mit Hannah nach Marokko fliege, nicht mit ihr, Helen, nein, mit Hannah. Aber ich greife vor ...

Die Schwierigkeiten mit Helen vor der Reise nahmen zu. Ich war vor dem Computer eingeschlafen. Ich hatte gerade ein Kapitel begonnen, es begann mit der Hochzeitsreise meiner Hauptfiguren, als ich von einem Moment zum anderen eingeschlafen war, in einen Traum versank, in dem ich mit Helen auf einer Hochzeitsreise war, die wir nie gemacht hatten. Immer war ein leichter Vorwurf von Helen zu spüren, wenn sie erwähnte, daß sie sich eine Hochzeitsreise gewünscht hatte. Aber ich ...

Ein furchtbarer Rüpel sei ich gewesen, sagte sie. Eine Heirat möglichst in Arbeitsklamotten, bloß nichts Feierliches, schon gar keine in Hochzeitskleidern. Eine weiße Tüllbraut, zum Kotzen, so sagtest du, sagte sie.

Aber es war ja auch so. Eine weiße Hochzeit schien mir absurd. Es ist doch wie mit der schon erwähnten

Schönschrift auf der ersten Seite, der Beginn schön, was folgt – furchtbar. Und ich finde, gerade der Beginn sollte unfeierlich sein, prosaisch, auch keine Reise. Und wenn weiße Kleider, dann bei der Scheidung. Denn dann trennt man sich als Freund, als Partner, man entschließt sich nur, unterschiedliche Wege zu gehen. So denke ich noch heute.

Nun, in meinem Traum also, erschien Helen in einem wunderbaren weißen Hochzeitskleid, wir wollten uns gerade das Jawort geben, als ich geweckt wurde.

Die reale Helen stand in der Tür und sagte: Du arbeitest zuviel.

Nein, sagte ich, ich habe geschlafen. Du weißt doch, wie anstrengend es ist, fünf Stunden vor dem Computer, das ist anstrengend für die Augen, den Geist und die Seele. Ich habe nicht gearbeitet, ich habe geschlafen, möglich, daß ich zwei Stunden geschlafen habe.

Helen warf die Türe zu, ich zuckte zusammen und blickte auf die letzte Zeile, die ich geschrieben …

Entschuldige bitte, daß ich schon wieder unterbreche, aber höre dir den letzten Satz an, wie leicht Hannah … Ich stellte den Ton lauter. Ich habe bei ihr immer das Gefühl, was sie spielt, erfindet sie im Augenblick. Man spürt keine technischen Schwierigkeiten, alles ist leicht, leicht, leicht.

Wir hörten ihr zu, dem Tanz, dem Wirbel, dem warmen Ton der G- und der D-Saite einer Stradivari, die ihr von der Stadt Berlin geliehen worden war. Ich konnte nichts in der Miene von Arnold lesen, sein Gesicht lag im Schatten. Aber ich spürte, daß sein Atmen sich veränderte, sich der Musik angepaßt hatte. Auch ich lehnte mich in den Schreibtischstuhl zurück, in den Schatten, wollte Tränen vermeiden, und wenn schon Tränen, sollten sie von Arnold unentdeckt bleiben.

Wir saßen eine längere Zeit stumm nach dem letzten Satz, vielleicht fünf oder zehn Minuten. Seltsam, wie weit mich Hannahs Spiel vom Thema weggetragen hatte. Ich sah sie vor mir, den Kopf leicht nach oben gehoben, die Augen meist geschlossen, als spiele sie nicht selbst, als würde sie gespielt. Ihre rechte Hand, sagte ich, einmalig, ihr Stakkato, ihr Springbogen, ihre angehauchten Töne. Die César-Franck-Sonate habe ich noch nie so gehört wie von ihr. Der Beginn nur im oberen Teil des Bogens, wie mit dem Atmen, sie atmet kaum. Die Übergänge vom Auf- zum Abstrich nicht zu hören, ebenso die Übergänge von einer zur anderen Saite. Die Bogenführung ist für sie wie Atmen. Ich werde nie das Jean-Sibelius-Konzert von ihr vergessen, die Oktaven, die von oben nach unten fallen. Bei den meisten Geigern, selbst den besten, denkt man, die Oktaven stürzen eine Kellertreppe hinab. Nicht bei ihr. Sie schweben vom Himmel herunter wie ..., ja wie? Ich finde keine entsprechenden Worte dafür.

Wo war ich stehengeblieben?

Helen verließ das Zimmer, und du blicktest auf die

letzte Zeile, die du geschrieben hattest, sagte Arnold.

Danke.

Tatsächlich, das Computerbild flackerte vor meinen Augen, Helen hatte recht, der Computer ist schlecht für die Augen. Aber nicht für den Geist und die Seele. Ich las Hotel Riad Al Madina, Vivre au 18ième siècle, 9 Rue à Harine, Essaouira.

Essaouira. Was für ein Name. Unwirklich und schön. In diesem Hotel bezogen meine Hauptfiguren die Suite Ambassador für 1764 Dirham.

Ich ging in die Küche und küßte Helen auf den Nacken, da sie gerade den Geschirrspüler ausräumte.

Unser Hochzeitstag rückt näher, was meinst du, wollen wir ihn feiern?

Helen drehte sich um.

Du? sagte sie. Du, der du alle Hochzeitstage vergißt, willst ihn feiern?

Was spricht dagegen?

Helen klapperte mit dem Geschirr, das sie in den Schrank räumte. Sie klapperte lauter als gewöhnlich, so empfand ich es, sie klapperte und sagte nichts. Keine Antwort ist auch eine Antwort, dachte ich. Und meine Deutung mag ihrer Meinung entgegengestanden haben, aber ich deutete diese Nichtantwort als Ja. Doch nur für Augenblicke hielt diese Deutung, denn Helen antwortete, und ich war überrascht, wie unversöhnlich ihre Antwort ausfiel. Eigentlich das erste Mal in unserer Ehe, unversöhnlich und aggressiv, und das just in dem Augenblick, als ich ihr vorschlug, das nachzuholen, was sie sich immer gewünscht hatte: unseren Hochzeitstag zu feiern.

Feiern? Wofür, warum? Sollen wir feiern, daß du fünfunddreißig Jahre mit deinen Weibern in deinen Büchern gelebt hast, inniger und vertrauter als mit mir? Und wen sollen wir einladen? Die Gestalten aus deinen Büchern, mit denen du dich gegen alle Freunde in deinem Leben verbunden hast? Hast du überhaupt Freunde? Oder hast du dich nicht vielmehr aus allen Freundschaften hinausgeschrieben? Willst du am Ende diese Feier nur, weil du über eine Hochzeitsfeier schreibst und dir noch Stoff fehlt? Brauchst du die Feier vielleicht als Anregung, als Material? Was für eine Ehre, mit dir unseren fünfunddreißigjährigen Hochzeitstag zu feiern!

Helen redete sich in einen aufrichtigen Zorn, der aber so aufrichtig nicht sein konnte, sie hatte schließlich ihre Gründe, diese Feier nicht zu wollen. Natürlich hatte ich auch gehofft, da ich, wie ich schon erwähnte, über eine Hochzeitsfeier schrieb, Anregungen zu erhalten, aber das war erst der zweite Gedanke, der erste war, Helen glücklich zu sehen.

Die fünfunddreißig Jahre waren sehr wohl schön, sagte ich, ich möchte, daß wir dieses Ereignis feiern, weil wir Grund dazu haben. Und wir haben ebenso Grund, unsere versäumte Hochzeitsreise nachzuholen.

Wohin? fragte Helen kurz.

Nach Essaouira an den Atlantik – die Stadt liegt in Marokko –, in eine ferne Welt.

Du schreibst wohl über Essaouira?

Ich schreibe darüber, weil ich mit dir dahin will.

Und warum dahin?

Einem Gefühl folgend.

Hast du dir deine Gefühle auch gründlich überlegt?

Gefühle sind Gefühle und keine Überlegungen, ich will mit dir dahin, weil ich dich liebe.

In diesem Augenblick umarmte mich Helen, und in dieser Umarmung war Liebe.

Ich versuchte vergeblich, Arnold in die Augen zu blicken, er war im Schatten, absichtlich, so nahm ich an. Ich schob die Sonate A-Dur opus 100 von Johannes Brahms in den Recorder. O Hannah, Hannah, wie vermisse ich dich.

Wir hatten uns stillschweigend auf die Hochzeitsfeier geeinigt, fuhr ich fort. Helen stellte nun doch die Gästeliste zusammen, und ich schrieb weiter an meiner Familienchronik, ein anstrengendes Buch, das sich langsam aufs Ende zubewegte, sechs Jahre Arbeit. Ich war ziemlich erschöpft. Gewiß, ich hatte Erfolg, meine Bücher wurden in zwanzig Sprachen übersetzt, ich war Anwärter auf den Nobelpreis, aber der Star in der Familie war Hannah. Alles drehte sich um sie, unsere Liebe, unsere Gedanken, unsere Bewunderung galten ihr.

Bis zur Hochzeitsfeier blieben noch zehn Tage. Wie jeden Morgen holte ich die Post aus dem Briefkasten, die sich seit der Auflösung der DDR verfünffacht hatte. Meine Bitte, schriftlich über den Briefkasten gehängt – Keine Reklame bitte! –, wurde nicht zur Kenntnis genommen. Man stopfte jeden Tag aufs neue Bündel bunter Reklameschriften in den überfüllten Kasten. Dazwischen verloren sich Briefe, Rechnungen, Sonstiges, und ich war mir nie ganz sicher, ob ich nicht versehentlich auch wichtige Post in den Mülleimer warf.

Tatsächlich sah ich einen Brief, den ich zwischen Daniel Hechters und Gilbertos Hemdenreklame aus dem Müll fischte. Ich riß das Couvert auf. Eine Frauenhandschrift, ja, so nahm ich es an, mit Füllhalter aufs Papier geworfen, großzügig. Ich betrachtete die Schrift, die gegen Ende immer krakeliger wurde, als sei die Schreiberin zur Eile gezwungen gewesen. Vielleicht hatte sie das Licht ausgemacht und im Dunkeln geschrieben, weil jemand kam, der von dem Brief nichts wissen sollte. Wer ist es also, der den Brief geschrieben hat?

Eine Karin Bunge, Steglitz, Karin Bunge, keine Straße, Steglitz, nie gehört, dachte ich. Karin Bunge. Nein. Die Erinnerung holte sich keine Karin Bunge ins Bewußtsein. Ich schob den Brief in die Westentasche, denn ein Gefühl signalisierte mir, es könnte sich um einen wichtigen Brief handeln, er könnte mit Hannah zu tun haben, und ich wollte ihn ungestört lesen, Helen sollte nicht beunruhigt werden, falls etwas Beunruhigendes drinstünde. So dachte ich.

Ich betrat die Küche und machte das Frühstück. Als der Kaffee fertig war, rief ich Helen, sie erschien, wir frühstückten, lasen die »Mopo«, die ich jeden Morgen mit den Brötchen zusammen einkaufe, meine Aufgabe, nach dem Frühstück zog ich mich in mein Arbeitszimmer zurück. Helen wußte, daß ich nicht gestört werden wollte.

Ich holte den Brief aus der Westentasche, und was ich las, beunruhigte mich.

Sehr geehrter Herr Krämer!

Ich bin eine Freundin von Hannah, wir haben zusammen studiert, ich bin Pianistin und hatte das Glück, sie gelegentlich zu begleiten. (Karin Bunge, jetzt fiel sie mir ein, o Gott, wie konnte ich sie nur vergessen, ihre Begleiterin, natürlich!)

Hannah ist eine wunderbare Künstlerin, für mich steht sie da, wo Anne-Sophie Mutter steht. Wenn man ihr Alter bedenkt, dann wird ihr dieselbe Karriere gelingen wie der Mutter, ja, ich muß sagen, als ich sie bei den Zigeunerweisen von Pablo de Sarasate begleitete, wurde mir bewußt, daß ihre Technik, ihr Ausdruck unsentimental, einmalig ist. Ihre Pizzikati, ihre Flageoletts kommen so brillant, so klar, wie ich sie von niemandem gehört habe. Ich weiß, ich schreibe Ihnen nichts Neues, Sie kennen das Genie Ihrer Tochter so gut wie ich, wahrscheinlich besser. Was Sie aber vielleicht nicht wissen, ist, daß Hannah in letzter Zeit sehr nachdenklich, beinahe deprimiert ist. Ich schreibe Ihnen, um Sie zu bitten, sich um sie zu kümmern, ich schaffe es nicht. Sie ist stark und eigenwillig, und ich habe ihrer Energie nichts entgegenzusetzen. Ich muß Ihnen gestehen, daß ich Hannah liebe, und weil es so ist, habe ich mich entschlossen, Ihnen zu schreiben.

Mit freundlichen Grüßen Karin Bunge.

Natürlich war ich alarmiert. Ich ging in die Küche und entschloß mich kurzerhand, Helen den Brief zu geben.

Da, lies! sagte ich.

Dabei stellte ich mich vors Fenster und kehrte Helen den Rücken zu, ich wollte sie mit meinen Blicken nicht ablenken.

Helen las und sagte: Es ist schlimmer, als ich vermutete. Ich wußte es, ich wußte es, ich …

Sie setzte sich und starrte vor sich hin, schob eine Haarsträhne aus der Stirn und stöhnte.

Erst jetzt wandte ich mich Helen zu, setzte mich an den Küchentisch.

Willst du noch Kaffee? fragte ich.

Nein, danke.

Ich goß mir Kaffee ein, trank, schob die Tasse von mir, holte sie wieder zu mir heran, trank erneut, schob die Tasse weiter weg.

Jedenfalls glaube ich, was Karin Bunge schreibt. Das ist die hübsche Schwarzhaarige, nicht? sagte Helen und befestigte die Haarsträhne, die wieder ins Gesicht gefallen war, in ihren dichten Haaren, doch sie wollte sich nicht befestigen lassen, sie rutschte erneut auf die Stirn, und Helen beließ sie da. Sie schob die Unterlippe vor und pustete in ihre Richtung, aber die Strähne blieb, wo sie war. Helen war im Augenblick so sehr mit Hannah beschäftigt, daß sie gar nicht bemerkte, was sie tat.

Sie blickte aus dem Fenster. Leichter Regen. Hin und wieder prickelten Tropfen an die Scheibe, als würde der Himmel stellvertretend für sie weinen. Der Tag in Trauer, Helen in Trauer, dachte ich. Und ich dachte, schön ist sie, das Alter ist gnädig mit ihr umgegangen, schlank und straff, sie trägt meist dunkelbraune Farben, wenig Schmuck, unauffällig, eine schmale goldene Kette und einen Ehering, mehr nicht. Beim Abwaschen oder beim Hantieren in der Küche zieht sie ihn vom Finger und legt ihn beiseite. Wo ist mein Ring? fragt sie häufig, in letzter Zeit immer häufiger, und ich muß ihn dann suchen, gemeinsam mit ihr. Ich möchte die Zeit nicht addieren, die ich nach ihrem Ring gesucht habe.

Ja, sie ist schön. Als sie den Mund leicht öffnete, sah ich ihre regelmäßigen Zähne. Aber sie pflegt sie auch mit einer Besessenheit, als hinge ihr Leben davon ab. Nach jeder Mahlzeit, selbst auf Reisen, nimmt sie einen Seidenfaden, den sie links und rechts mit Daumen und Zeigefinger wie eine Violinsaite spannt, preßt ihn in die Zahnzwischenräume und zieht ihn hin und her, nach oben, nach unten, nach hinten, nach vorn, von links nach rechts, einunddreißig Mal, da sie bis auf einen Weisheitszahn über sämtliche Zähne verfügt. Ich hatte es aufgegeben, sie um Verkürzung der Zahnpflege zu bitten, wenn sie auf unseren Reisen mit ihrer Kosmetiktasche in der Toilette verschwand. Ich wartete im Restaurant, blätterte in Zeitungen, wartete zwanzig Minuten, dreißig Minuten, jedenfalls immer viel zu lange.

Heute war es aber besonders lange, sagte ich dann, und sie lächelte und antwortete: Im Gegenteil, heute war es besonders kurz, zehn Minuten. Und ich wollte etwas erwidern, ließ es aber. Gott sei Dank bin ich in Sachen Geduld ein Meister geworden.

Mein Groll war verflogen, und ich war sogar einverstanden, daß ich mit meinen Bitten erfolglos geblieben war, wenn ich, wie jetzt, ihre schönen Zähne betrachtete. Die wenigen Höhen und Tiefen in unserer Ehe, die wir gemeinsam meisterten, haben sich in ihrem Gesicht nicht verewigt, keine Spuren hinterlassen. Jedenfalls nicht äußerlich.

Ich hatte die Tasse wieder herangeholt, hielt sie mit beiden Händen, trank kleine Schlucke, dabei Helen nicht aus den Augen lassend, und verschluckte mich, ich hustete, klopfte mir selber auf den Rücken, Helen blickte mich an: Soll ich? Und da mir die Stimme nicht gehorchte, nickte ich nur. Sie sprang auf und schlug mir beherzt auf den Rücken. Von Klopfen keine Spur. Das waren Schläge! Ja, bei solchen Aktionen nahm Helen keine Rücksicht auf mein Alter.

Wieder so ein Krümel auf deinen Stimmbändern, sagte sie, du verschluckst dich neuerdings häufig, oder? Noch zwei Schläge. Soll ich?

Ist gut, ist gut, ist gut, antwortete ich, die Stimme noch kastratenhaft, geht schon, geht schon, brauchst nicht mehr.

Pause.

Lange Pause.

Ich räusperte mich, als wäre noch ein Restkrümel auf meinen Stimmbändern, und sagte: Hannah will dir zeigen, daß sie erwachsen geworden ist, ein kleiner Vogel, der seine ersten Flüge unternimmt.

Von kleinem Vogel und den ersten Flügen kann nicht die Rede sein, sie versteht sich wunderbar durchzusetzen! Nun schwieg Helen und blickte noch immer aus dem Fenster. Der Regen prickelte nicht mehr, nun prasselte er an die Scheibe.

Vielleicht solltest du statt mit mir mit ihr verreisen, sagte sie, weg von hier, weg von allen Einflüssen, neue Eindrücke.

Aber – es ist unsere Hochzeitsreise.

Dann mußt du vor der Reise mit ihr reden. Die ganze Wahrheit sagen, vor allem eindeutig, nichts verschwiemeln. Und sei nicht immer der allwissende Vater, der Übervater.

Bin ich das?

Ja, du merkst es gar nicht. Wenn du etwas sagst, ist das immer abschließend.

Ich werde mich bemühen, sagte ich, etwas gekränkt. Du meinst, die ganze Wahrheit, vor der Reise?

Du mußt! Wir können mit dieser Lüge nicht weiterleben. Du mußt!

Und dann sagte Helen mehr für sich: Vielleicht habe ich mich zuviel um sie gekümmert. Zuviel gefragt, wo gehst du hin, wann kommst du zurück, paß auf dich auf, auf deine Hände, trage keine schwere Sachen, deine Finger sind dein Kapital, sei vorsichtig beim Überqueren der Straße, suche dir die richtigen Freunde aus, iß Vitamine! Mein Gott, ich mache mir eben Sorgen um mein Kind! Ich kann sie doch nicht allein entscheiden lassen, ob sie die Nacht wegbleiben darf oder nicht. Ich habe die Verantwortung für sie, ich, was hätte ich anderes machen sollen?

Und nun begann Helen zu weinen. Du mußt mit ihr reden, sagte sie, die Augen mit einem kleinen Taschentuch trocknend, die Wahrheit sagen, Vertrauen schaffen. Das mußt du.

Ich setzte mich ins Auto und fuhr ins nächste Reisebüro. Nach Essaouira, Hotel, Flug – perfekt! Ich parkte mein Auto am Kindergarten, in dem Hannah die ersten Jahre ihres Lebens verbracht hatte, und dachte daran, wie ich sie einmal zu spät abholte und Hannah bitterlich weinte, und als ich sie auf den Arm nahm und tröstete, legte sie ihren Kopf an meine Wange und sagte, ich liebe dich, Bärchen. Dabei sah sie ganz verzweifelt aus.

Sie nannte mich Bärchen. Warum? Ich weiß es nicht. Der schönste Ausdruck in ihrem Gesicht war, wenn sie noch weinte und schon lachen mußte. Nachts wollte sie nicht alleine schlafen, sie kroch zu uns ins Bett, umarmte erst Helen, dann mich – und jetzt erst verschwand langsam die Verzweiflung aus ihrem Gesicht. Helen sagte, komm, du kannst heute die ganze Nacht bei uns schlafen, hol deine Puppe Erna, und dann schlaft ihr beide zwischen uns.

Helens Verhältnis zu Hannah war vorbildlich. Sie kam mit allen Fragen zu ihr, und Helen erzählte abends, wie der Tag mit Hannah verlaufen sei, und ich sagte, schreib doch ein Kinderbuch, schreib alles auf, ihre Fortschritte auf der Geige, was sie alles an Drolligem verzapft hat. Wir drei werden später darüber herzhaft lachen und stolz sein, glaube mir. Und Helen nickte und begann alles aufzuschreiben, was ihr des Aufschreibens wichtig erschien.

Mit vier bekam sie ihre erste Geige, eine Viertelgeige. Ich bekam gar nicht mit, wie schnell sie Fortschritte machte. Sie spielte die Etüden von, von, von …

Pleyel, Kreutzer, Viotti, Spohr, sagte Arnold.

Richtig, richtig! Du weißt es.

Sie selbst hatte sich eine Geige gewünscht, nachdem sie im Fernsehen ein geigespielendes Wunderkind erlebt hatte. Das will ich auch, das will ich auch, hatte sie gerufen.

Sie setzte ihre kleinen Finger so selbstbewußt, so überzeugt aufs Griffbrett, daß man das Klopfen auf dem Holz hören konnte. So harmonisch, so selbstverständlich und so nebenbei, sagte der Geigenlehrer, wie Hannah spiele, habe er in seiner langjährigen Praxis noch keine Schülerin erlebt. Wir sollten sie auf die Hochschule bringen.

Mit sieben Jahren auf die Hochschule?

Sie spielt unendlich schön, sagte er, und Hannah fragte Helen: Was heißt, ich spiele unendlich schön?

Warum fragst du?

Weil Professor Horvath meint, ich spiele unendlich schön. Ich verstehe nicht, was unendlich ist: Heißt unendlich, daß es kein Ende gibt?

Ja.

Hört Unendlichkeit nie auf?

Ja.

Aber auch unendlich muß doch irgendwann aufhören. Etwas, was nie aufhört, kann es so was geben? Irgendwo hört doch alles auf. Warum kann ich mir nicht etwas vorstellen, was nie aufhört? Kannst du dir das vorstellen?

Nein, antwortete Helen, kann ich auch nicht.

Vielleicht Bärchen, fragte Hannah, vielleicht kann der sich vorstellen, was nie aufhört, sonst haben wir in der Familie niemanden, der sich das vorstellen kann.

Und was tat Hannah? Sie ging in ihr Zimmer und spielte das Mozart-D-Dur-Konzert, in dem sie immer die Eins betonte. Das ganze Konzert veränderte sie. Dabei sagte sie, wenn der Himmel kein Ende hat, wie sieht kein Ende aus, schwarz, weiß oder wie? Der liebe Gott hat uns dumm gelassen, er ist ein Un-Gott. Mit Un-Gott betonte sie die Eins, ich eine Un-Hannah, die Eins des zweiten Taktes, eine Un-Mutti, des dritten, ein Un-Papi, die Eins des vierten Taktes, heute ist ein Un-Tag, das Meer ist ein Un-Meer mit einem Un-Wasser, die Luft ist eine Un-Luft, der Himmel ist ein Un-Himmel, bald komme ich in die Un-Hochschule und lerne bei den Un-Lehrern. So spielte sie Mozart. So veränderte sie. Es war unglaublich.

Nach einer Pause sagte Arnold: Auch den letzten Satz des Beethoven-Konzertes. Erst das D, dann das A auf der G-Saite. Das A wird betont, aber sie betonte das D. Sie stellte Beethoven auf den Kopf.

Ja, richtig, richtig, sagte ich. Ich glaube, wir beide standen an der Tür und hörten ihr zu. Kein Geiger der Welt könne spielen wie sie, aus dem Stegreif verändern, dabei technisch brillant. Und ich gestehe, ich war eifersüchtig. Ich würde nie so schreiben können, wie sie spielen kann, nie etwas Gleichwertiges zu Papier bringen, ich war ein Stümper gegen sie.

Ich stand auf und sah aus dem Fenster. Die Turmspitzen des Kölner Domes waren nun von Wolken verdeckt. Arnold holte sich das Weinglas vom Tisch, trank, stellte es ab und schob es mit dem Zeigefinger von sich weg. Dann faltete er die Hände und drehte die Daumen.

Helen würde sagen, dachte ich, hör auf damit, alte Männer drehen gerne die Daumen, willst du ein alter Mann sein?

Als hätte Arnold meine Gedanken gelesen, hörte er auf und sagte: Nein, ich stand nicht mit dir an der Tür und hörte Hannah zu. Du hast es mir damals erzählt – mit dem Beethoven-Konzert.

War das so? fragte ich.

Ja.

Hannah fragte mich nie, was Unendlichkeit ist, fuhr ich fort. Sie wollte wohl nicht erfahren müssen, daß ich etwas nicht wissen könnte. Nein, diese Schmach wollte sie mir nicht antun, und ich war ihr dankbar dafür, mich mit meiner Unwissenheit allein gelassen zu haben. Helen fand diese Schöpfung wichtig genug, um sie ins Kinderbuch einzutragen. Und dann die Bilder, die vom Un-Fernsehen übertragen wurden und die Hannah sehr beschäftigten. Ich stellte fest, daß Hannah Mozart und Beethoven bei den Un-Gedanken spielte, bei unvergeßlichen Fernsehbildern Bach.

Ein Mönch verbrennt sich. Ein kleiner Mann in einer Kutte verschwindet, und die Welt blickt zu. Sie tut nichts gegen die Flammen. Die Drumherumstehenden haben die Hände in den Taschen und glotzen. Sie glotzen auch noch, als der kleine Mönch verbrannt ist. Und Hannah, die gar nicht fernsehen sollte, sah diese Bilder, ging schweigend in ihr Zimmer und spielte die Chaconne von Bach. Die Doppelgriffe ganz leicht, leise, als wolle sie die Trauer innerlich belassen, als spiele sie Bach in ihrem Inneren. Die Musik schien ihre Seele zu reinigen.

Ich weiß, daß Hannah damals erschüttert war, daß sie mich nichts fragen wollte, weil sie ein weiteres Mal befürchtete, ich hätte keine Antwort. Die Schmach der Hilflosigkeit wollte sie mir auch dieses Mal ersparen. Ich glaube, der brennende Mönch in Italien, der mit seinem Tod gegen den Hunger in Afrika protestieren wollte, beschäftigte sie mehr, als wir annehmen konnten. Fragen, die sie mir nie stellte: Wie sieht es in einem Menschen aus, wenn er das Leben losläßt und der Tod ihn holt? Hatte sie geahnt, daß ihr eigener Tod sie bereits ausgespäht hatte?

Pause.

Lange Pause.

Merkwürdig, sagte ich zu Arnold, beim Gedanken an den Tod spielte sie Bach. Irgendwann sagte sie mir, wenn ich Bach spiele, weiß ich, was Unendlichkeit ist. Er ist die Unendlichkeit selbst. Bach ist die Brücke ins Jenseits. Mit ihm erreiche ich die Toten, das Nie-wieder gibt es bei ihm nicht. Nie-wieder ist wie die Unendlichkeit. Es handelt sich bei diesem Nie-wieder um ein Un-wieder. Ich kann mir nicht vorstellen, daß die liebsten Menschen un-wieder sind, daß es sie, wenn sie gestorben sind, nie wieder geben wird. Wenn ich Bach spiele, gibt es nur wieder. Bei Bach gibt es keinen Tod.

Schon als Fünfjährige spielte sie auf ihrer Viertelgeige die Etüden von Wohlfahrt, Kayser, Mazas und Kreutzer, von Šefčik Doppelgriff-Vorstudien, Trillerübungen, Rieding-Violinkonzert, Haydn-G-Dur-Sonate, Martinů-Sonate, Schuberts Sonatine D-Dur – was noch, was spielte sie noch?

Von Bartók die Rumänischen Volkstänze nicht zu vergessen, sagte Arnold, die spielte sie mir damals vor.

Ja, sagte ich, es ging so schnell vorwärts, viel zu schnell. Ich schrieb noch am selben Roman, und sie? Sie ein Vogel, ich ein Kriechtier.

Hast du schon mal die Caprice viennoise gehört?

fragte ich Arnold, Unterhaltungsstück von Kreisler? Oder würdest du lieber die Ungarischen Tänze von Brahms hören?

Brahms, sagte Arnold kurz.

Auf dieser Kassette gibt es ein Stück, das heißt Moto perpetuo, arrangiert von Kreisler, von Paganini. Izhak Perlman braucht vier Minuten dreizehn für dieses Stück, Hannah vier Minuten nullzwei. Ein brillantes Feuerwerk! Bei Hannah fliegt es dahin wie ein Schwarm Vögel, und obwohl es schwer ist, klingt es bei Hannah leichter, unangestrengter als bei Perlman. Der Bogen springt vergnüglich und leicht, leicht, leicht, leicht ... Aber ich spiele dir erstmal Brahms vor.

Die Leichtigkeit, mit der Hannah spielte, setzte Arnolds Körper in Bewegung, leichte Schaukelbewegungen. Und nun schämte ich mich nicht mehr meiner Tränen, die einfach nicht aufzuhalten waren.

Arnold machte einen Ansatz, mich zu unterbrechen.

Nein, bitte, sage nichts, sagte ich. Ich muß dir alles erzählen, es ist ein Bedürfnis.

Unsere Hochzeitsfeier, fuhr ich fort, na ja, was soll ich dazu sagen, du warst dabei, und du hattest eine bemerkenswerte Rede gehalten. Du sagtest, du habest viele Ehen gesehen, aber keine so wie deine, liebe Helen, und deine, lieber Hermann, der du mein bester Freund bist von Kindesbeinen an. Und mir kam es so vor, und sicher nicht nur mir, als sprächest du von zwei Ehen. Ich erinnere mich deiner Blicke genau, wie du Helen anblicktest, und wie sie deine Blicke erwiderte. Irgendwann erzähltest du, wie und wann Helen aus deinem Unterbewußtsein in dein Bewußtsein rückte, Anfang der fünfziger Jahre ist es gewesen. Ein blondes langbeiniges Mädchen ging zur Schule, Schulranzen auf dem Rücken, und du gingst zufällig hinter ihr her, sagtest du. Dann, erzähltest du, begrüßte sie unseren früheren Klassenlehrer, den strengen Dr. Aschenbach, der noch immer an der gleichen Schule unterrichtete, so furchtlos und so selbstverständlich, als sei er ein Mitschüler. Wir hätten uns das nie getraut.

Diese Begegnung hatte dich so beschäftigt, daß du

sehr viel später einen Traum hattest. In deinem Traum saß das Mädchen in der Reihe nächst der Türe und du in der Reihe nächst dem Fenster. Du hattest den Traum folgendermaßen geschildert: Eines Morgens erschien statt des Klassenlehrers ein Referendar in unserer Klasse, den wir auslachten. In Knickerbockern, die stachligen Beine unbestrumpft, die Füße steckten in zwei unterschiedlichen Schuhen, einem braunen Halbschuh und einem schwarzen Schnürstiefel. Die Schnürsenkel waren auf den Boden hängende Bindfäden. Er war unrasiert, blickte scheinbar über die Schüler hinweg ins Leere, ein Notizbuch wie eine Bibel haltend. Wir lachten eine Viertelstunde, dann hörten wir auf zu lachen, der komische Referendar war auch gar nicht komisch. Er stellte die Fragen sehr leise und bewertete die Antwort mit einer Zensur in seinem Notizbuch. So hatten wir in der ersten Viertelstunde fast alle eine Fünf oder gar Sechs erhalten – bis auf das Mädchen. Sie hatte sachlich geantwortet, kein Lachen über den lächerlichen Aufzug, denn der Referendar in deinem Traume wurde plötzlich niemand anderes als der strenge Dr. Aschenbach, den wir aber verehrten.

Jahre später bat ich dich, mir das Mädchen aus deinem Traum vorzustellen. O ja, und sie gefiel mir. Obwohl ich fünfzehn Jahre älter war, passierte etwas Merkwürdiges: Einmal fragte sie mich, es war ein besonders heißer Sommertag, ob ich mit ihr in die Badeanstalt kommen wolle, und ich wollte unbedingt, aber ich sagte nein, denn ich wollte nicht, daß sie spürte, wie sehr ich es wollte. Verhält sich so ein fünfzehn Jahre älterer junger Mann? Nein. So verhält sich keiner, aber ich habe mich so verhalten.

Du gingst dann mit ihr in die Badeanstalt. Du sahst ihr zu, wie sie elegant vom Dreimeterbrett sprang, kaum ein Spritzer, und du warst verknallt in sie. Die schlanke Helen, ihre schönen Beine, die machten dich verrückt. Sie trug einen blauen Badeanzug, und du bekamst rote Ohren, wenn sie beim Springen ins Wasser die Beine spreizte. Das war der Augenblick, wo ich annahm, daß du vielleicht schon ein Verhältnis mit ihr hattest. Aber ich wollte sie ja auch, wollte sie dir nicht so kampflos überlassen. Ich war ja noch mehr als du in sie verknallt, besonders natürlich, weil sie mir so unerreichbar schien. Und so entschloß ich mich, ihr Liebesbriefe zu schreiben, beinahe täglich.

Und dann geschah etwas Erstaunliches: Du hörtest auf, dich für sie zu interessieren, trafst dich mit einer anderen, Gleichaltrigen, und ich glaubte fest daran, meine Liebesbriefe hätten gesiegt, für mich gesiegt. Wußtest du, daß ich ihr Liebesbriefe geschrieben hatte?

Arnold atmete geräuschvoll aus und ließ den Unterkiefer auf die Brust sinken. Für Augenblicke nur, dann stand er auf, stellte sich vors Fenster, drehte mir den Rücken zu, wie er es als Schüler getan hatte, wenn er anderer Meinung war, aber er pfiff nicht leise vor sich hin, nein, sechzig Jahre verändern eben doch.

Pause.

Dann setzte er sich sehr langsam und sagte: Nein, ich wußte nichts über deine Liebesbriefe.

Pause.

Erzähle über die Reise nach Essaouira, sagte er.

Pause.

Einverstanden. Doch zuvor möchte ich die Geschehnisse vor der Reise erwähnen. Ich hatte viel über Marokko gelesen, recherchiert, ich sagte schon, daß ein Kapitel meines Buches dort spielte, wußte viel über Essaouira, über das Hotel Riad Al Madina. Die Koffer waren gepackt, und die Lust und Freude, diese alte Hafenstadt kennenzulernen, in der Orson Welles, ich glaube »Othello«, gedreht hatte, machte mich nervös, neugierig, und ich hoffte, Helen würde fühlen wie ich. Die Nacht vor der Reise und den Tag darauf erlebte ich allerdings wie einen Alptraum …

Gute Nacht, mein Liebes, sagte ich zu ihr. Ich denke, du freust dich wie ich auf unsere Hochzeitsreise und ...

Gute Nacht, sagte Helen, und sie machte das Licht aus.

So lagen wir in unseren Betten, blickten ins Dunkel und konnten nicht einschlafen. Nein, ich hatte mit Hannah nicht vor der Reise gesprochen, wie Helen es gewünscht hatte. Aber da sie dieses Thema nicht mehr berührte, glaubte ich, sie habe ihre Meinung geändert und ich könne mit Hannah auch nach der Reise sprechen. Gewiß, das werde ich, würde Helen weiter auf einem Gespräch mit Hannah bestehen.

Um sechs klingelte der Wecker. Er hätte nicht klingeln brauchen, denn da ich nicht geschlafen hatte – mir ging so vieles durch den Kopf –, hatte ich den großen Zeiger beobachtet, wie er von Minute zu Minute auf die Sechs zukroch.

Nun mach schon, dachte ich, mich machte die Langsamkeit verrückt. Endlich (bei all der Beobachtung hatte ich vergessen, den Alarm auszustellen) lautes Klingeln. Aber Helen blieb unbeeindruckt. Sie schlief wohl fest. Ich stand wie gewöhnlich als erster auf, so leise ich konnte, schloß die Türe zum Badezimmer – unsere Abmachung war: keiner stört den anderen bei seiner Morgentoilette, was über die Jahre strikt von uns beiden eingehalten wurde –, dann machte ich Frühstück und wartete auf sie. Warum ist sie noch nicht aufgestanden? Ich ließ sie aber noch schlafen, sicher hatte sie die ganze Nacht kein Auge zugemacht, um am Morgen in einen Tiefschlaf zu fallen, also laß sie noch …

Nach zehn Minuten dachte ich, jetzt ist es genug, muß sie leider wecken, und da bemerkte ich, daß ihr Bett leer war, die Decke eine Rolle, als sei sie darin eingewickelt, aber nichts von ihr. Nicht im Wohn-, nicht in meinem, nicht in Hannahs Zimmer, nirgends Helen, wo ist sie, wo kann sie sein? Ihr Koffer gepackt im Flur, aber sie?

Es dauerte einige Zeit, bis mir klar wurde, daß ihrem Verschwinden ein innerer Kampf vorausgegangen war. Ich sah es an ihrem Kleiderschrank, der geöffnet war, die Sachen wahllos herausgegriffen, als habe sie mit der Zeit gekämpft, bloß weg, bevor ich aufwache, der ich doch gar nicht geschlafen hatte. Wieso habe ich sie nicht gehört, ihre Flucht nicht bemerkt? Ein ziemliches Chaos, so habe ich ihre Kleider noch nie gesehen, so unordentlich in den Schrank zurückgeworfen. Was mag in ihr vorgegangen sein, als sie sich entschloß, unserer Hochzeitsreise fernzubleiben? Gedanken, die durch mein Gehirn schossen – wo mag sie sein? Bei Hannah, die zwar noch ihr Zimmer bei uns hat, aber nicht mehr bei uns lebt? Wo mag sie sein? Bei unseren Freunden, richtiger: bei ihren Freunden? Denn sie hatte die Freundschaften gepflegt, aufrechterhalten. Oder – war sie bei meinem einzigen Freund, bei dir, war sie bei dir, Arnold?

Ich rief Hannah an, entschuldigte mich, daß ich sie so früh weckte, aber du weißt, ich wollte mit Helen heute früh verreisen, sie ist nicht hier, weißt du, wo sie ist?

Ich weiß es nicht, sagte Hannah.

Ich entschuldigte mich noch einmal und hängte auf, wissend, daß ich nun Hannah in Aufregung versetzt hatte. Neben der Sorge stieg Zorn in mir auf, der die Überhand gewann, du kennst mich, meine Zornesanwallungen. Sollte ich trotzdem die Reise antreten?

Die Taxe war sieben Uhr fünfzehn bestellt. Nun war sie da, stand vor der Haustür, ich nahm meinen Koffer, na gut, dann eben nicht, trete ich meine Hochzeitsreise alleine an.

Aber schon auf dem Fluge von Berlin nach Frankfurt ließ mein Zorn nach, wurde von Fragen verdrängt wie: Wenn Helen etwas zugestoßen ist? Wenn Helen in einem spontanen Entschluß die Hochzeitsreise verweigerte und nun, zur Vernunft gekommen, wieder zu Hause ist, verzweifelt, mit sich und der Welt zerfallen, und ich, der egoistische Ehemann, auf einer Vergnügungsreise, allein wie immer, ob mit meinen Romanfiguren oder meinen Reisen!

Zurück nach Berlin. Gegen fünfzehn Uhr war ich wieder zu Hause, aber Helen … Ich will nicht ausführen, wie mir zumute war. Mein morgendlicher Zorn war verdrängt von einer maßlosen Sorge. Was mag ihr zugestoßen sein? Egal wie, Hauptsache, sie kommt. Dabei schimmerte in meiner Sorge ein Verdacht, ein geringer, aber ein Verdacht, durch. Woher, von wem kehrt sie zurück? Aber dieser Verdacht war, wie gesagt, gering, er kam und ging, ja, er war schneller weg, als er gekommen war. Zu absurd.

Gegen zwanzig Uhr kam sie endlich. Ich umarmte sie, war so übermäßig glücklich, daß ihr nichts zugestoßen war. Ich nahm ihre verweinten Augen zur Kenntnis, stellte aber keine Fragen. Ich streichelte ihre Wangen, küßte die Tränen aus ihren Augenwinkeln, betrachtete sie wie ein Geschenk des Himmels.

Entschuldige, daß ich unterbreche, möchtest du eine Zigarre?

Ja, ich möchte eine Zigarre.

Ich hielt Arnold die Zigarrenkiste hin, er wählte sich sorgfältig eine aus, beleckte und beschnitt sie, ich gab ihm Feuer. Sein Gesicht schob sich ins Licht, und ich erschrak. Bleich sah er aus und alt, noch viel älter als vorher.

Ich würde gern den Slawischen Tanz e-Moll hören, hast du was dagegen?

Nein, ganz und gar nicht.

Ich denke, der paßt gut in unsere Stimmung, sagte ich, und Arnold, dessen Gesicht jetzt im Lichte war, nickte. Trotz des Alters sah er makellos aus, fehlerlos, mit dem weißen Hemd, dem grauen Schlips, dem grauen Zigarrenrauch, der sein Gesicht vernebelte. Die weißen Finger, die die Zigarre so behutsam zum Munde führten. Sogar die Altersflecken auf dem Handrücken schienen Teil dieser Vollkommenheit zu sein, unvorstellbar, daß er mal ein verlottertes Kind war, mit dreckiger Hose und zerlöchertem Pullover, nicht einmal vorstellbar für mich, der ich doch weiß, daß er so ausgesehen hatte.

Ich wollte wissen, was er dachte, gleichzeitig wollte ich ihn unter keinen Umständen zu Wort kommen lassen, weil ich wußte, die Worte, die er sprechen würde, wären nicht identisch mit seinen Gedanken, wissend, daß Gedanken und Worte bei kaum jemandem, nur höchst selten, identisch sind. Immer und bei jedem gibt es Augenblicke, in denen Worte und Gedanken sich voneinander wegbewegen, sich nur noch sporadisch begegnen, um schließlich als Lügen über die Lippen zu kommen.

Hannahs Spiel stoppte meine Gedanken. Sie konnten sich gegen ihre wunderbare Geige nicht durchsetzen, ich mußte ihr zuhören. In meiner Vorstellung war sie mir ganz nahe. Ich sah, wie ihre Finger auf den Saiten tanzten. Ach Hannah, ich vermisse dich.

Helen bestand darauf, wie ich eingangs erwähnte, daß ich mit Hannah nach Marokko flog, nicht mit ihr, sie wolle nicht, sie könne nicht, außerdem wäre es richtiger und leichter für mich, mit Hannah allein zu reden. Nein, sie hatte ihre Meinung, das Gespräch betreffend, nicht geändert, im Gegenteil, sie bat mich, eindringlicher als zuvor: Sprich mit ihr, du mußt, wir können nicht ein Leben lang lügen.

Meine Autorität wurde von Hannah nie bezweifelt, doch fiel es mir schwer, das gebe ich zu, Rat anzunehmen und Irrtümer einzugestehen. Und da ich das wußte, nahm ich mir vor, Irrtümer einzugestehen und Rat anzunehmen, falls Hannah Ratschläge erteilen oder mich auf Irrtümer aufmerksam machen wollte. Aufgeschlossen wollte ich sein, wie Helen verlangte, kein Übervater. Ich war mir nicht bewußt, jemals einer gewesen zu sein. Aber wenn Helen es sagt, wird es wohl stimmen, wird es vielleicht stimmen, dachte ich. So war Helen. Sie litt darunter, daß Hannah sich von ihr entfernt hatte, aber gegen mich, den Vater, nahm sie sie immer in Schutz.

Du hättest ihr länger zuhören müssen, warum hast du sie unterbrochen, ich finde, sie hat recht und nicht du. Das waren Helens Kommentare nach einem Gespräch mit Hannah, meistens.

Was gibt es da in Schutz zu nehmen? Ich liebe sie und werde jetzt anfangen, mich zu beobachten, daß ich nicht der Übervater werde, daß ich ihr recht gebe, wenn sie recht hat. Mit anderen Worten, ich muß ihr zuhören und nicht mir, der ich mich häufig in Erfindungen und Formulierungen verliere. Ja, das nehme ich mir vor.

Aber wo hat Hannah recht? In der Politik? Ihre Meinung ist verkehrt, wenn sie mit den Rechten sympathisiert, nein, nein, das werde ich nicht zulassen, aber wie werde ich das nicht zulassen? Ich kann sie doch nicht mit Gewalt von etwas zurückhalten, wovon sie überzeugt zu sein glaubt? Aber sie kann doch nicht von etwas überzeugt sein, was so falsch, so verkehrt ist! Findet sie Mölln, Lübeck, Rostock etwa richtig? Wenn Glatzköpfe einen Ausländer durch die Stadt hetzen und der sich in eine Glastüre stürzt, um den Schlägern zu entkommen, dabei verblutet? Hat sie den brennenden Mönch vergessen? Warum reagiert ihr Gewissen als Neunzehnjährige so anders? Aber wie soll ich mich verhalten? Ich kann ihr nur sehr klar und unmißverständlich meine Meinung sagen und mir ihre anhören. Ihre anhören? Nein! In diesem Punkt hat Helen nicht recht! Ich kann mir einfach nicht anhören, wenn sie rechtes Zeugs nachschwätzt. Sie ist noch viel zu unerfahren, da muß ich ihr helfen, auch Helen muß das. Da kann sie die beste Geigerin der Welt sein – in diesem Punkte ist sie dumm!

Helen widersprach mir energisch, als ich ihr sagte, ich glaubte, Hannah sympathisiere mit den Rechten.

Unfug! fuhr sie mich an. Sie hat ein ausgeprägtes Gerechtigkeitsgefühl. Nur weil sie deinen politischen Ansichten gelegentlich widerspricht, unterstellst du ihr so etwas. Du dramatisierst, wie du immer dramatisierst!

Und ich erwiderte, ich hoffe, daß ich nur dramatisiere ...

Das waren die Gedanken, die mir durch den Kopf gingen. Hannahs unausgegorene politische Ansichten lagen mir wie ein Stein auf der Seele. Nein, dachte ich, da muß es klare Worte geben. Irgendwann muß ich auch wieder aufhören, über Rücksicht und Übervater nachzudenken.

Und hier muß ich einiges einfügen, was mir gar nicht leicht fällt: Fehler bei Hannah.

Einmal sagte ich zu ihr: Ich hätte dich gerne nach dem Essen gesprochen. Sie legte die Geige in ihrem Zimmer ab und ging in die Küche, um Mittag zu essen, das, wie immer, wenn Hannah uns besuchte, in Handtücher und Zeitungspapier verpackt war, um es warmzuhalten. Während Hannah ihr Essen auspackte, machte ihr Helen einen frischen Orangensaft, den Hannah mit einem kurzen Danke trank. Sie aß und blätterte in der »Mopo«, die noch vom Frühstück auf dem Tisch liegengeblieben war, pfiff durch die Zähne und schüttelte energisch den Kopf. In früheren Zeiten hätte sie Helen die Stelle, die sie aufregte, vorgelesen. Helen hätte auch gerne gewußt, was sie den Kopf so heftig schütteln ließ, aber damit war es vorbei. Hannah behielt ihre Gedanken für sich.

Kaum hatte Hannah fertig gegessen, verließ sie die Küche, ohne mit Helen auch nur ein Wort gesprochen zu haben. Aufmerksame Beobachter würden festgestellt haben, daß Hannah Helens Traurigkeit über ihr Verhalten durchaus genoß, sie sogar provozierte, auch daß sie ihren schmutzigen Teller nicht in den Geschirrspüler räumte, machte sie bewußt. Nadelstiche. Ein kleiner Teufel sprang auf ihrer Seele wie auf einem Trampolin. Und wenn sie dann allein war, war sie gar nicht so glücklich über ihr Verhalten. Muß mal wieder freundlich zu ihr sein, dachte sie, so sagte sie mir. Und dann versuchte sie es – und es ging nicht. Sie konnte einfach zu ihrer Mutter nicht freundlich sein.

Was waren die Gründe? Was wußte sie über Helen, das sie gegen sie aufbrachte? Da ging etwas in ihrer Seele vor, das sie plagte. Aber was? Könnte der Grund sein, daß sie herausgefunden hatte, daß Helen mich mit dir betrog, Arnold? Daß sie das verwerflich fand, unmoralisch, und daß ihre Abkehr von allem, was wir für moralisch halten oder hielten, die Konsequenzen dieses Betruges waren? Der Wunsch, die Rechten würden Ordnung in ihre Welt bringen, die durch Helens Betrug für sie in Unordnung geraten war? In gewisser Weise bin ich doppelt betrogen worden – von meinem besten Freund und meiner Frau, der Strick um meinen Hals war ein doppelter. Ahnte sie diesen zweifachen Betrug, der ihre Seele mehr schmerzte als wir annehmen konnten?

Ich sagte eben, es fällt mir nicht leicht, über Hannahs Fehler zu sprechen. Aber waren es ihre Fehler? Das waren Fragen, die mich beschäftigten, das herauszufinden war auch der Grund der Reise. Und dazu, ihr die ganze schreckliche Wahrheit aufzutischen: daß sie nicht meine, daß sie *deine* Tochter ist. Aber da waren auch Zweifel. Was für einen Sinn hat es, ihr die Wahrheit zu sagen, und was wird sie bewirken, was soll sie? Warum kann nicht alles so bleiben, wie es ist? So wie es ist, ist es doch gut …

Meine Gedanken gehen noch einmal zurück, entschuldige, Gedankensprünge sind nicht zu vermeiden. Wie oft hatte ich versucht, mich in deine Lage zu versetzen, ich habe meinen besten Freund betrogen, aber meiner Seele hat dieser Betrug keinen Schaden zugefügt. Das Bedürfnis, mit der Wahrheit herauszurücken, ist mir nie gekommen. Ist dir nie der Gedanke gekommen, daß *du* Hannahs Vater sein könntest? Die Möglichkeit kann dir doch nicht entgangen sein, da Helen neun Monate nach deinem Betrug eine Tochter gebar?

Ich schrieb damals gerade die Geschichte eines Betruges. Der Betrogene glaubt, seine Frau erwarte ein Kind von einem anderen, und denkt darüber nach, wie er sich zu dem fremden Wesen verhalten werde, das sich in seiner Frau entwickelt, und er findet eine Antwort. Ist es nicht eine Ungerechtigkeit der Natur, sich nur dem eigenen Leben verpflichtet zu fühlen, als sei es höchste Pflicht, sich selber fortzupflanzen, das Eigene zu fördern, lebensfähig zu machen, auszurüsten mit den Fähigkeiten, den Anforderungen des Lebens gewachsen zu sein, während das Fremde fremd bleiben sollte? Nein, sagte er sich, ich werde den Schweiß von der Stirn meiner Frau wischen und das Fremde als mein Eigenes auf dieser Welt empfangen.

Natürlich beantwortete ich mit meiner ausgedachten Figur eigene Fragen.

Möchtest du jetzt etwas erwidern?

Arnold erhob sich schwerfällig, ging einige Male im Zimmer auf und ab, stellte sich vors geöffnete Fenster, drehte mir den Rücken zu und blickte auf den Kölner Dom. So stand er für einige Augenblicke da, dann setzte er sich wieder und sagte: Noch nicht. Ich höre.

Am Karfreitag, dem 16. April 1999, fuhr ich fort, ging es los nach Afrika. Helen verabschiedete sich mit Tränen in den Augen, aber gleichzeitig auch froh, daß endlich, so hoffte sie, Klärung in der verkorksten Beziehung zu Hannah erreicht werden könnte.

Ich drücke dir beide Daumen, hatte sie mir beim Abschied ins Ohr geflüstert. Ich nickte. Dann umarmte sie Hannah, und erstaunlicherweise spürte sie keine Ablehnung, im Gegenteil, Hannah erwiderte die Umarmung, kaum merklich zwar, aber Helen war über diese zaghafte Erwiderung glücklich. So fällt mir der Abschied viel leichter, dachte sie wohl.

Und ich sagte: Wollen wir hoffen, daß der blödsinnige Krieg in Kosovo vorbei ist, wenn wir zurück sind.

Das hoffe ich auch, antwortete Helen.

Berlin–Frankfurt mit der Lufthansa, Casablanca–Marrakesch mit der Air Maroc. Ich erinnerte mich an die scheußlichen Flüge nach Bulgarien und Moskau, zu Vorlesungen an Universitäten, furchtbar! Ich hatte Angst und alle Mühe, sie zu verbergen. Was kann man gegen Flugangst machen? Gar nichts, wurde mir gesagt. Und ich dachte an den Flug nach Moskau mit Taubstummen, eine Maschine voll mit Taubstummen. Und dann kamen wir in Turbulenzen, und die Taubstummen kotzten, kotzten in die Tüten, die sie den Ablagen der Vorderlehnen entnahmen. Hast du schon mal Taubstumme kotzen gehört? Wenn, dann weißt du, worüber ich spreche, diese Geräusche werde ich nie im Leben mehr vergessen. Ich kotzte nicht, nebenbei gesagt, aus Furcht, aus Angst. Angst vorm Fliegen habe ich heute noch. Alter Mann und Angst! Warum? Was habe ich zu verlieren? Ein kleines bißchen Leben noch? Aber trotzdem.

Ich blickte Hannah an, in ihrem Gesicht war keine Furcht zu erkennen. Im Gegenteil, und als habe sie meine Gedanken gehört, sagte sie, ich freue mich aufs Fliegen, ich habe einen Fotoapparat mit, eine Kladde, mein Powerbook und werde alles aufnotieren, was ich für wichtig halte.

Ich nickte. Ich war mit meinen Gedanken bei der Angst und dachte an einen dritten Weltkrieg: wir in Sicherheit und Helen mitten in der Katastrophe. Während die russischen Extremisten vielleicht die Atombombe auf Berlin und London schmeißen (fähig sind sie dazu!) wandern wir durch die Wüste und lassen Helen allein zurück. Diese Gedanken flogen durch meinen Kopf, als ich eine Überschrift in der Zeitung eines Herrn, dem ich über die Schulter blickte, las: Kosovo-Krieg spitzt sich dramatisch zu – Sorge um deutsche Einheiten.

Für einen Augenblick lang kam ich mir vor wie ein Flüchtling, wie ein Verräter: Wir fliehen vor dem dritten Weltkrieg und lassen Helen zurück. Aber dann, dann sah ich Hannahs Profil, das große Ähnlichkeit mit Helens hatte. Sah, wie sie voller Neugier auf das Laufband blickte, auf dem ihr Köfferchen verschwand – und in Casablanca auf einem ähnlichen Laufband hoffentlich wieder auftauchen würde, diesen Gedanken glaubte ich in ihrem Gesicht zu lesen. Die Geige behielt sie immer bei sich.

In diesem Augenblick liebte ich sie ganz besonders, und das Gefühl, ein Verräter zu sein, Helen im Stich gelassen zu haben, verflog so schnell, wie es gekommen war. Nein, einen Krieg in Deutschland wird es nicht geben, nicht zu meinen und hoffentlich auch nicht zu Hannahs Lebzeiten. Gerade deswegen muß ich mit ihr reden, über die Nazis, den Krieg.

Ich verabscheue den Krieg in Kosovo, sagte ich, die Bombardierung Belgrads. Wie ist deine Meinung?

Ich möchte dazu nichts sagen, denn du wärst mit meiner Antwort nicht einverstanden, antwortete sie.

Also hast du dir schon eine Meinung gebildet? Und ich merkte, daß die Formulierung »schon eine Meinung gebildet« wieder den Übervater zeigte. Vorsicht!

Auf der einen Seite muß den Morden an den Kosovo-Albanern, sagte ich, ein schnelles, entschlossenes Ende bereitet werden, auf der anderen sind diese NATO-Bomben ein Verbrechen. Man kann doch keinen Krieg für den Frieden führen und dabei Unschuldige töten, was meinst du?

Hannah erwiderte: Ich sagte schon, ich möchte dazu nichts sagen.

Ich wollte sie aber nicht so schnell ins Schweigen entlassen, denn das sollte die Reise bringen: offene Gespräche, auch wenn sie unbequem werden würden, und das würden sie bestimmt.

Um fünfzehn Uhr sollte die Maschine, eine Royal Air Maroc, von Frankfurt abfliegen, aber da sie schon mit einer Stunde Verspätung angekommen war, mußten wir mit dem Einsteigen warten, und es ergab sich dann doch noch ein Gespräch über den Kosovo-Krieg. Hannah gab die Antwort, die sie gerne nicht gesagt hätte; und als ich sie gehört hatte, wünschte ich, sie nicht zu dieser Antwort gezwungen zu haben. Denn was sie sagte, während wir auf den Einstieg warteten, war so eindeutig, daß ich erschrak.

Hannah bekam den Fensterplatz. Sie hatte rote Wangen – das Starten, der Flug –, und ich dachte daran, wie sie als Kind mit der Unendlichkeit nicht fertig wurde und wie schnell sie heute mit dem Krieg fertig war.

Da bist du viel klüger als dein dummer Vater, sagte ich. Sollte ein dritter Weltkrieg daraus werden, werde ich die NATO verdammen bis in alle Ewigkeit. Da Hannah schwieg, wiederholte ich: bis in alle Ewigkeit.

Aber was ist Ewigkeit? fragte Hannah.

Mit der Ewigkeit ist es wie mit der Unendlichkeit, antwortete ich, und mit der Unendlichkeit ist es wie mit der Unwissenheit, und die ist der Menschheit größtes Problem. Keine NATO kann die Unwissenheit wegbomben. – Kannst du nicht mal aufhören, aus dem Fenster zu gucken, wenn wir uns unterhalten?

Wird dann unsere Unterhaltung besser?

Und da war er wieder, der Übervater, ich fing an, ihn aufzuspüren; aufpassen!

Hannah blickte noch immer aus dem Fenster, und was hätte sie auf diesem Flug auch Besseres tun sollen? Sie entdeckte Afrika aus der Vogelperspektive, und ich hatte verlangt, sie solle wenigstens aufhören, aus dem Fenster zu gucken, aus dem ich über ihren Kopf nun ebenfalls guckte. Braune Erde, braune Berge, die Sonne hatte alles rotbraun gefärbt, kleine Hütten, die so braun wie die Erde waren, hin und wieder schienen sich drahtartige Büsche in diesen trockenen Boden verirrt zu haben. Kein Irrtum der Natur? Absicht?

Ich sah auf Hannahs glänzende Haare, der zarte Flaum, der den schlanken Hals hinunterlief, und ich stellte mir weiter vor, was Hannah beim Anblick dieser kargen Natur denken mochte. Wie viele Gedanken mag sie übrig haben, um die Eindrücke eines neuen Kontinents zu verarbeiten. Oder war nichts an Gedanken dafür übriggeblieben? Waren ihre Gedanken noch immer mit ihren kruden politischen Theorien beschäftigt? Aber: Hatte sie wirklich eine

Theorie? War es nicht vor allem Protest, gegen die Welt, gegen Helen, vielleicht auch gegen mich?

Hatten sie denn die schrecklichen Fernsehbilder aus dem Kosovo nicht erschreckt? Der Achtzehnjährige, der weinend vor den Trümmern seines Hauses steht, in dem seine Eltern von jugoslawischen Militärs verbrannt wurden. Das Gesicht des Achtzehnjährigen, der versucht, die Tränen zurückzuhalten, der Kampf mit der Würde, aber da ist nichts zu machen, der Schmerz ist größer, das Weinen bricht aus ihm heraus, keine Eltern mehr. Mir waren die Tränen gekommen. Hannah hatte die Bilder ebenfalls gesehen. Sie saß hinter mir in einem Sessel, die Beine über die Lehne geschmissen. Doch als ich sie anblickte, war nichts von Trauer in ihrem Gesicht zu entdecken.

Oder das vierjährige Mädchen, das in einem Dorf in Kosovo von einem Leiterwagen gefallen war und nun sucht, sucht, sucht – keine Eltern, keine Freunde, keine Verwandten, nichts. Mit großen Augen blickt sie in eine kriegerische Welt, deren Mord- und Zerstörungsgier sie nicht begreifen kann. Ein englischer Journalist nimmt sich des kleinen Mädchens an und irrt durch Ämter und Dörfer, auf der Suche nach jemandem, der das Mädchen kennen mag. Zeigte Hannah Interesse an dem Schicksal dieses Kindes? Was ging in ihr vor?

Ich erinnere mich, wie Hannah als Vierjährige sich an dich schmiegte, Arnold, wie sie deine Hand nicht loslassen wollte, als du am 1. Mai vorbei am Generalsekretär, vorbei an den Genossen auf dem Marx-Engels-Platz zogst, die vielen Menschen machten ihr angst. Ich habe ein Foto von euch beiden, sie auf deinen Schultern, da fühlte sie sich sicher. Ein anderes Foto zeigt Hannah und dich, sie dreijährig, einen langen Weg entlanggehend, euch beide von hinten gesehen. Der große Mann, das kleine Mädchen, ihr Köpfchen an deinen Arm gelehnt, Schutz suchend. Ich habe mir dieses Foto auf den Schreibtisch gestellt; wenn ich es betrachte, mischen sich meine Gefühle, Trauer und Liebe, die kleine Hannah, die beschützt werden wollte.

Einmal sagte sie zu mir: Mit Arnold kann ich über alles reden, mit dir nicht, du bist so stur.

Und ich sagte: Arnold ist ein Freund und ich dein Vater, das ist der Unterschied.

Und ich dachte über den Satz nach, der so selbstverständlich über meine Lippen gekommen war. Ich hörte auf die Flugzeugmotoren, sie schienen normal zu klingen. Wir schienen also heil anzukommen. Und dann war es Hannah, die sich an mich wandte.

Ich muß mich entschuldigen, sagte sie, ich war nicht freundlich.

O nein, o nein, ich war viel zu emotional, antwortete ich, ich muß mich entschuldigen.

Kaum merklich rückte sie in meine Nähe, und ich empfand, in diesem Näherrücken steckte ein Friedensangebot.

In Casablanca sechs Stunden Warten auf dem Flughafen.

In die Innenstadt könnten wir nicht so ohne weiteres, zu weit, sagte uns der Polizist am Ausgang, lohnt sich nicht. Ihre Maschine geht gegen zweiundzwanzig Uhr dreißig nach Ouarzazate, erklärte er uns in sehr gutem Deutsch.

Aber wir wollen nach Marrakesch!

Geht nicht.

Wieso geht es nicht? Wir haben Tickets!

Tickets auch gültig für Ouarzazate.

Aber da wollen wir nicht hin!

Aber Ouarzazate sehr schön, da müssen Sie hin.

Aber – wir wollen nach Marrakesch, heute, verstehen Sie, heute, heute nach Marrakesch!

Nicht heute, morgen.

Was heißt, nicht heute, morgen?

Heute keine Maschine nach Marrakesch. Warum nicht Ouarzazate, schönes Hotel, fünf Sterne!

Ich wollte mich aufregen, aber Hannah strahlte: Das ist doch wunderbar, laß mich mal machen.

Sie sprach mit dem Polizisten, nun auf französisch, verschwand mit ihm, telefonierte, nach zwanzig Minuten kam sie wieder, die Geige immer unter dem Arm.

Ich freue mich auf Ouarzazate, freust du dich auch?

Nein! Ich freue mich nicht.

Was schreibst du da?

Ich schreibe Tagebuch, sagte ich, noch immer zornig.

Ich hoffe, nicht über den Krieg.

Doch!

Was wir hier erleben, ist doch viel interessanter als Krieg.

Ich finde es unerhört, daß ...

Ach, Bärchen, reg dich nicht auf, vergiß deinen Krieg.

Und hier meine Tagebuchaufzeichnung über den 16. April, die Hannah las und über die Hannah so lachen mußte:

16. April. Auf die Klagen verängstigter Menschen, wir haben Angst vor einem dritten Weltkrieg, antworten die NATO-Generäle: Ihn wird es nicht geben, die Russen können ja nur noch mit Steinen werfen. Als ich die kriegerischen Senatoren im Fernsehen sah, die sich vor Lachen kugeln wollten über diesen Satz, wurde mir klar, was mir eigentlich schon immer klar war: Für die amerikanischen Senatoren ist die Bombardierung Jugoslawiens ein Baseballspiel. Möge ihre Hölle schlecht beheizt sein, möge ...

Ich wußte, daß du so was schreiben würdest, sagte Hannah. Du warst so wütend. Ich wußte es. Und eigentlich sollte ich gar nicht lachen, aber ich kann nicht anders. Und dann lachte sie und wollte nicht mehr aufhören.

Um zweiundzwanzig Uhr dreißig ging es weiter, in einer alten demolierten Propellermaschine. Wir flogen rüttelnd und schüttelnd über die Berge, ich glaubte, jeden Augenblick müßte der Motor explodieren. Gegen halb ein Uhr nachts waren wir in

Ouarzazate, eine halbe Stunde später im Hotel. Fünf Sterne. Fünf Sterne und kleine zweistöckige Häuser. Hannah schlief oben, ein Bad gab es nur unten. Hannah nahm sich wohl vor, dem alten Vater den Krieg nicht mehr nehmen zu wollen, warum auch.

Ich liebe dich auch mit deinem Krieg, sagte sie. Und dabei umarmte sie mich.

Sie erschien zwanzig Minuten später zum Frühstück. Ein schönes Restaurant. Die großen Flügeltüren nach draußen weit geöffnet, ich saß auf der Terrasse unter einem weißen Schirm und wartete auf sie. Ich hatte bereits gefrühstückt, viel Obst, war auch schon geschwommen, fünfmal hin und her die lange Bahn im Pool, um jung zu bleiben, für die kommenden Strapazen gewappnet zu sein, denn ein Kinderspiel würde es wohl nicht werden.

Hannah trug weiße Shorts und eine weiße Seidenbluse. Eine Gruppe französischer Sportler drehte sich nach ihr um, sie tuschelten, pfiffen. Verständlich, sie sah wunderschön aus. Sie küßte mich und sah mich strahlend an, keine Spur von Kampfeslust in ihrem Gesicht. Wir tranken einen wäßrigen Kaffee, Hannah aß ebenfalls Obst, wir hörten einem Gitarrenspieler zu, der wohl für den Abend übte, und machten uns auf den Weg.

Wir schlenderten durch die Kasbah – Hannah hatte mir ihre Hand gereicht – Hand in Hand, wie ein Liebespaar, das wir ja auch waren. Und ich war froh darüber, daß die Kampfeslust aus Hannahs Miene gänzlich verschwunden war. Warum können Vater und Tochter nicht sogar ein besseres Liebespaar sein als jene verliebt tuenden Touristen, die mit uns durch die Kasbah schlenderten, sich an den Händen hielten, dabei aus den Augenwinkeln sich bereits neue Partner erspähten – der oder die? Ich sah den Betrug aus ihren Augenwinkeln blitzen, ich sah ihnen an, ob sie Liebespaare für Tage oder für Wochen waren. Mehr war von fast allen nicht zu erwarten. In den meisten Fällen reichte es wohl nur für eine Nacht. Vater und Tochter aber sind ein Liebespaar fürs Leben.

Nach dem Bummel durch die Kasbah holten wir das gemietete Auto ab und machten eine Tour durch die nähere Umgebung. Hannah hatte die Kamera im Anschlag, sie fotografierte die Steinkolosse, die wie Kunstwerke in den sandigen Bergen standen, die unterschiedlichen Formen.

Sieht das nicht phantastisch aus! jubelte sie, da sind doch Beuys und Janssen nur Stümper!

Und ich freute mich über ihre Begeisterung.

Danke dir, Hermann, sagte sie, für diese wunderschöne Reise.

Was wirst du mit den Fotos machen? fragte ich.

Sie ansehen, betrachten, ich interessiere mich für Kunst. Und diese Natur, die ist, die ist …

Und dann fand sie keine Worte für diese überwältigende Kulisse.

Es war ein herrlicher Tag. Die Sonne schien zwar

gnadenlos, vielleicht vierzig Grad im Schatten, aber Hannah war wie ausgewechselt. Die Hitze machte sie fröhlich wie nie. Jedenfalls konnte ich mich nicht erinnern, sie in den letzten Jahren so ausgelassen erlebt zu haben. Die Depression, die die Bunge in ihrem Brief erwähnt hatte, schien es nie gegeben zu haben, ich sah eine fröhliche junge Frau. Und mir gefiel es, daß sie mich Hermann nannte, nur Hermann, nicht Vater.

Auf der Rückfahrt sahen wir wieder die Kasbah vor uns liegen.

Halte mal an, Bärchen, sagte sie, auf das Getümmel weisend, das sich hin und her schob.

Hin und wieder sah man Arme in die Luft fliegen, Zeichen der Entrüstung über zu hohe Preise. Dann sah man Verbeugungen der Händler, wenn die zu hohen Preise gezahlt wurden. Und was wurde alles angeboten! Neben Handtaschen, Tonarbeiten, Schmuck gab es auch Lebendiges zu kaufen: Hühner, Ziegen, Schafe, Kühe, die sich zum Teil ebenfalls frei im Getümmel bewegten.

Wollen wir mal?

Sie sprang aus dem Wagen, so leichtfüßig, so anmutig, und ich blickte ihr hinterher, sie war vorausgeeilt, ich sah ihren Rücken, die Schönheit ihrer Gesten. Während eine andere gleichaltrige Touristin mit Passanten zusammenstieß, an den Körben der Händler hängenblieb, bewegte sich Hannah elegant durch das Getümmel. Kein Anstoßen, kein Hängenbleiben, wie eine Tänzerin, wie einstudiert, ohne festes Ziel, mit Unterbrechungen, deren einziger Grund war, sich die prächtigen Waren, meist Handarbeiten, anzuschauen.

Ist das nicht wunderbar, Bärchen? sagte sie, sich umblickend. Wo bleibst du denn, komm doch, komm doch!

Sie hüllte sich in ein Seidentuch, hielt einen mit Blumen bemalten Fächer vors Gesicht, tänzelte stolz wie eine Spanierin, wedelte mit dem Fächer einige Schritte vor, einige Schritte zurück und lachte so herzerfrischend, daß Passanten stehenblieben und mitlachten.

Ich betrachtete sie, und mir war klar: Sie, Hannah, meine Tochter, ist das Wesen auf der Welt, das ich am meisten liebe.

Wir alberten, sie lachte über meine Witze, lachte mehr, als sie gut waren, aber mir gefiel es, wie meine mittelmäßigen Witze in ihrer Gegenwart an Schärfe gewannen, gut wurden. Sie lachte herzlich und laut, und sie verhandelte mit den Händlern so selbstverständlich, wollte die Preise wissen, mal zu dieser, mal zu jener Ware, sie schüttelte den Kopf, die Händler gewährten Nachlaß, sie schüttelte erneut den Kopf, nein, sie kaufe nichts, noch nichts. Dann doch, einen Gürtel – ohne lange Gespräche, ohne Zögern, sie zahlte die Hälfte des geforderten Preises.

Der Händler schmiß die Arme in die Höhe: Mit diesem Preis kann ich meine Kinder nicht ernähren!

Und Hannah: O doch, das kannst du! In bestem Französisch sagte sie es.

Der Händler setzte sich, keine Verbeugung, scheinbar war er beleidigt, aber dennoch zufrieden.

Und abends handelte sie mit dem Chef des Hotels einen besseren Preis für den Rotwein aus: Viel zu teuer, Bärchen! Den muß er uns für die Hälfte lassen.

Und er tat es. Er brachte uns sogar eine zweite Flasche als Geschenk.

Siehst du, Bärchen. Laß mich mal machen.

Ich ließ sie machen. Es schien so (und es schien nicht nur so), daß wir viel Geld sparten und daß alle Welt Hannah liebte. Alle waren bereit, zurückzustecken, mit der Hälfte zufrieden zu sein. Ich kann mich nicht erinnern, daß wir irgendwann auf dieser Reise den vollen Preis bezahlt hätten.

Ich weiß, was du denkst, Bärchen, sagte sie beim Abendessen. Du weißt doch, ich kann deine Gedanken hören.

Und was hörst du?

Ohne meine Frage zu beantworten, blickte sie in den schwarzen Himmel.

So klar habe ich den Mond noch nie gesehen, die Sterne, sagte Hannah. Ich folgte ihrem Blick.

Wenn man lange in den Himmel sieht, dann kommen die Sterne auf einen zu, man sieht sie sich bewegen. Wenn man eine Weile hier sitzt, dann werden sie auf unsere Köpfe knallen, sagte sie.

Und ich sagte: Hast du gehört, daß ein Asteroid Kurs auf unseren Planeten nimmt? Der könnte im Jahre 2022 hier einschlagen. Ein etwa achthundert Meter großer Brocken.

Pause.

Da müssen wir lange hier sitzen, sagte sie und lachte leise.

Pause.

Sie schwieg und sah den Fledermäusen zu, die im Nachthimmel kreisten und spielerisch ihre Schnäbel (haben Fledermäuse Schnäbel?) im Vorbeiflug ins Poolwasser tauchten.

Woran dachte Hannah? Ich wußte, daß sie von einer sanften, aber auch von einer aggressiven Klugheit sein konnte, aber hier, auf dieser Reise, blieb sie sanft, so schien es. Dennoch hatte sie ihr Ziel noch nicht aufgegeben, mir mein Tagebuch mit den Eintragungen über den Krieg auszureden. Es verwunderte mich daher nicht, daß sie keineswegs bereit war, trotz des sternenklaren Himmels, trotz der Wärme, trotz der Musik – ein einziger dicker Mann am Synthesizer, der häufig aufstand, ohne daß die Musik aufhörte –, das Gespräch abzubrechen. Dabei verfolgte sie noch ein anderes Ziel: über dich, Arnold, zu sprechen. Es wurde ein denkwürdiges Gespräch, das ich dir nicht vorenthalten will, in dem ihre Andeutungen mich irritierten. Was wußte sie? Und wenn sie was wußte, von wem wußte sie es?

Könnte es nicht eine Form der erzwungenen Anpassung gewesen sein? So begann sie.

Worüber sprichst du?

Über Arnold und dich. Habt ihr euch nicht in eurer lebenslangen Beziehung angepaßt, habt ihr euch …?

Ich verstehe dich nicht.

Ein berühmter Interviewer, sagte sie und strich sich über die langen Haare, stellt gern folgende Frage: Hat der alte Adam, hat die alte Eva ein Menschenrecht auf Anpassung?

Erstens, erwiderte ich, waren der alte Adam und die alte Eva sehr jung. Zweitens: Vor der Eva hat Adam eine andere Frau gehabt, Lilith, die Aufrührerin, die sich nicht angepaßt hat und die deshalb verteufelt wurde. Es mag so ein Recht geben, aber in den meisten Fällen steht es unserem Gewissen entgegen, deshalb schlägt unser Herz für die unangepaßte Lilith.

Es freut mich, daß du das sagst, sagte sie lächelnd, eine nachdenkliche Pause einfügend. Darf ich eine andere Frage stellen?

Bitte.

Es ist doch ein absurder Gedanke, einem Menschen eine Tat zu unterstellen, den man sechzig Jahre kennt.

Ich weiß nicht, wo du hinauswillst.

Könnte Arnold die Frage beantworten?

Ich schwieg. Was wußte Hannah, dachte ich, was ahnte sie?

Könnte es nicht sein, sagte sie, daß man nach sechzig Jahren glaubt, den andern so genau zu kennen, daß man am Ende seinem eigenen Glauben mißtraut?

Es könnte so sein.

Daß man beginnt, ihn erbärmlich zu finden, wie du …

Wo will sie hinaus? dachte ich. Ist vielleicht jetzt der Zeitpunkt gekommen, mit der Wahrheit herauszurükken? Aber Hannah wechselte abrupt das Thema.

Ich interessiere mich für Hände und Zähne, immer schon, sagte Hannah. Manchmal liege ich auf der Lauer, warte, bis jemand den Mund öffnet, um zu sehen, ob die Zähne so aussehen, wie ich sie mir vorgestellt habe. Meistens sehen sie so aus.

Als ich Arnold das letzte Mal sah – Hannah lächelte –, öffnete er den Mund, und er hatte andere Zähne, ungewohnt. Hatte er andere Zähne, künstliche?

Das weiß ich nicht, antwortete ich.

Weißt du, wie er die Skatkarten hält?

Hm … sehr akribisch.

Mehr weißt du nicht?

Nein.

Dann hast du nie beobachtet, daß er die Farbe Schwarz mit dem Zeigefinger hält, mit dem Mittelfinger Rot und daß er mit der Linken die Sicht auf seine Karten verdeckt?

Daß er die Karten verdeckt, ja, das weiß ich, aber daß er die Farben …, nein, stimmt das?

Und daß er dich dabei anblickt und schelmisch grinst, wenn er die Karten verdeckt?

Nein …, nein, das …

Könnte es sein, daß ihr gar nicht viel voneinander wißt?

Nein! Wir wissen alles voneinander.

Was ist alles? fragte sie.

Sein Mund, der sich in neunundsechzig Jahren nicht verändert hat, oder nur kaum, spöttisch, grinsend.

Ist das alles?

Pause.

Ehrlich gesagt, ich habe gar nicht darüber nachgedacht.

Könnte es nicht sein, daß du zu Arnold, obwohl du vieles nicht von ihm weißt, eine engere Beziehung hast als zu Helen?

Nein.

Hannah hatte sich auf den Stuhl neben mich gesetzt, sie hatte wohl das Gefühl, mich wie ein Kommissar befragt zu haben. Und obwohl mich das Gespräch irritierte, genoß ich es auch. Sie führte es so sanft, und sie legte ihren Kopf an meine Schulter.

Ich hatte zu ihm keine engere Beziehung als zu euch, antwortete ich. Du bist meine geliebte Tochter und Helen meine geliebte Frau, ihr seid das Fundament meines Lebens, euch liebe ich.

Und deinen Freund? Deinen Freund hast du nicht geliebt?

Geliebt ist ein zu starkes Wort, sagen wir, gemocht.

Wirklich?

Ja.

Habt ihr euch nicht gelegentlich gehaßt?

Wenn wir Probleme miteinander hatten, sagte ich zögernd, hatten wir auch die Fähigkeit, Probleme mit Humor zu lösen. Wir waren immer bemüht, den andern mit Problemen nicht zu belasten. Ich kann mich nicht erinnern, daß einer von uns beiden länger über seine Krankheiten berichtet hätte, obwohl wir ja in dem Alter sind, wo Krankheiten …, und Arnold ist … Naja, wenn es nicht zu verhindern war, etwas Unangenehmes mitzuteilen, dann wurde es möglichst humorvoll mitgeteilt.

Nur, sagte Hannah, wenn der Humor erkennbar wird, so absichtlich, mißtraut man ihm, er verdeckt die Gefühle.

Pause.

Ich erinnere mich, sagte ich, ohne auf Hannahs Frage einzugehen. Ich wollte dem Gespräch eine andere Richtung geben, über die Nazis, über sie wollte ich sprechen. Ich erinnere mich, wie Arnold in einer Talkshow einen alten Nazi abkanzelte. In dieser Talkshow meinte der Nazi, man solle die Russen ruhig ein bißchen zappeln lassen, man solle die Schwarzen in Afrika ruhig ein bißchen hungern lassen, und man solle die Asylbewerber ruhig ein bißchen bekämpfen und ihnen Feuer unter den Arsch legen.

Und Arnold fragte ihn: Wissen Sie, wo der Arsch der Welt liegt?

Keine Ahnung, sagte der Nazi, ich kenne den Ausdruck, aber ich weiß nicht, wo er liegt.

Gut so, sagte Arnold, dann fragen Sie mal die Russen, die Sie ein bißchen zappeln lassen wollen, oder die Schwarzen in Afrika, die Sie ein bißchen hungern lassen wollen, oder die Asylbewerber, denen Sie

Feuer unter den Arsch legen wollen, die werden Ihnen den Weg dahin zeigen, denn das ist der Ort, wo Sie hingehören.

Der alte Nazi saß da mit offenem Mund. Nichts fiel ihm mehr ein, das war humorvoll.

Das war Zorn, erwiderte Hannah. Vielleicht zorniger Humor …

Oder als er mit seiner leisen Stimme unsere Depression wegfegte, weil Heinz Koch gestorben war, ein ehemaliger Klassenkamerad, den wir alle mochten. Er sagte: Ich, Arnold, bin so oft dran gewesen zu sterben – er war an Prostatakrebs erkrankt –, und immer im letzten Augenblick bin ich gerettet worden, doch wenn ich dann endlich mal dran bin, werde ich sagen, ich danke dir, lieber Gott, daß du es mich hast schaffen lassen, dieses verlauste Leben endlich hinter mich gekriegt zu haben.

Und dann fügte er hinzu: Habe ich euch nicht oft genug gesagt, daß der Krieg ebensowenig das Gegenteil von Frieden ist wie das Leben das Gegenteil von Tod?

Sehr lange Pause.

Hannah sah mich nachdenklich an, sie war von meinen Beispielen nicht recht überzeugt, dachte ich, oder vielleicht doch?

Ich wundere mich darüber, sagte sie, wie wenig du über Arnold weißt. Hast du beobachtet, wann Arnold seine Brille putzt oder wie er seine Kaffeetasse hält?

O ja, sagte ich, das habe ich, das habe ich. Er putzt

immer dann seine Brille, wenn er nichts mehr sagen will, und die Tasse ..., nie am Henkel, mit beiden Händen umfaßt er sie, als wäre sie ein Hals.

Ich mußte lachen und streichelte Hannahs Kopf.

Hast du mal seine Hände beobachtet? Waren sie immer schon voller Altersflecken? fragte sie. Zeige mal deine!

Ich legte beide Hände auf den Tisch.

Da sehe ich nur ganz wenige.

Mit ihren Fingerkuppen war sie auf der Suche nach Altersflecken.

Da, da. Aber die sind blaß, kaum zu erkennen. Dafür haben die Adern zugenommen. Hier sieht man einige dicke Adern, bläulich, kann das sein? Ach, ach, Bärchen, du mußt entschuldigen, ich sollte nicht auf der Suche nach deinem Alter sein.

Hannah zog meine linke Hand an ihre Lippen und küßte sie.

Und ich sollte aufhören, mir Gedanken über Arnold und dich zu machen. – Ja, laß uns morgen nach Marrakesch aufbrechen.

Ja, antwortete ich, und ich dachte und denke bis zum heutigen Tage über dieses denkwürdige Gespräch nach.

Auf dem Wege nach Marrakesch. Hannah saß auf dem Beifahrersitz und betrachtete die rötlichen Gesteine des Atlasgebirges, fotografierte, welche Formen, Bildung der Steine, welche Wunder der Natur!

Sieh dir die Farben an, Bärchen, gelb, braun, golden, grün! Rot beim Sonnenaufgang, rot beim Untergang! Und sieh, wie schnell die Farben und das Licht über die sandigen Hügel der Berge wandern. Dahinten bohrt sich der Sand in den Himmel, ein Tornado. Ist das ein Tornado? Merkwürdig, nur an dieser Stelle, der muß senkrecht vom Himmel kommen. Oder nein, nein, er geht vom Boden senkrecht in den Himmel, ist das ein Tornado?

Ja, das könnte so sein …

Bisher glaubte ich, die Wüste sei tot, toter Sand, aber nun sehe ich, sie ist voller Leben!

Der Tornado, wenn es einer ist, kommt auf uns zu, sagte ich, seine Sandwolke. Jetzt dreht er sich in Richtung Lehmhütten, ob sie standhalten werden?

Wenn er so stark wie im Film »Twister« ist, werden wir gleich die Hütten im Himmel herumfliegen sehn. Hoffentlich ist die Realität weniger gemein als im Film.

Pause.

Noch sehe ich nichts im Himmel, ich sehe gar nichts. Der Tornado hat so viel Sand aufgewirbelt, daß die Hütten verschwunden sind. Der Sand hat sie verschwinden lassen.

Der Himmel ist viel aufregender als bei uns, findest du nicht? sagte Hannah. Viel dramatischer. Sieh dir die Sonne an, die gerade hinter dieser gewaltigen Wolke verschwindet. Die Wolkenränder färben sich gelb, jetzt strahlen sie gold, gewaltig, Bärchen! Und der Tornado, wo ist er hin? Ich habe gar nicht bemerkt, daß er schon vorüber ist. Alle Lehmhütten noch da. Halte mal an, Bärchen, halte mal an! Ich will diese Naturereignisse fotografieren. Man hat das Gefühl, ohne Sonne ist die Wüste tot, ja, jetzt ist sie tot. Keine Lichter und Farben mehr. Das Leben stockt. Komm raus, Bärchen, komm raus! Es regnet zwar, aber das Wasser ist wunderbar, Wasser aus einer einzigen Wolke, unvorstellbar! Nun komm, schon, komm! Eine herrliche Abkühlung!

Hannah fotografierte stehend, kniend und liegend. Die Pfütze, in der sie lag, störte sie nicht, im Gegenteil.

Im Wasser läßt es sich aushalten, rief sie, dabei die Kamera senkrecht in den Himmel haltend, dem Regen entgegen. Das mußt du erleben, die Tropfen fallen gerade herunter, sie weichen nicht aus, lassen sich nicht aus der Richtung bringen. Der Wind kann da nichts machen, ein Tropfen folgt dem anderen. Halte dein Gesicht dem Regen entgegen, Bärchen!

Das tat ich, und Hannah stand auf und fotografierte. Der Regen pladderte mir ins Gesicht, und ich genoß es. Eine wunderbare Abkühlung, und Hannah rief: Ich fotografiere deine Nasenspitze, wie die Tropfen aufblitzen, die Sonne kommt wieder hervor. Das sieht toll aus! Das Aufblitzen der Regentropfen auf deiner Nasenspitze. Wenn ich kleiner wäre, würde ich mich nackt ausziehen und im Regen herumspringen.

Leider hat er aufgehört, antwortete ich, außerdem kommen da zwei Männer.

In der Ferne erschienen zwei junge Burschen, die es wohl eilig hatten, mit uns ins Gespräch zu kommen. Sie winkten und gaben uns zu verstehen, wir sollten auf sie warten.

Ich glaube, sagte ich, das sollten wir nicht tun, man weiß nicht …

Als wir ins Auto stiegen, begannen sie zu rennen, aggressives Armschwenken, lautes Geschimpfe. Hannah, die wohl gerade sagen wollte, warten wir doch auf sie, erkannte augenblicklich die Gefährlichkeit der Situation. Ganz sicher war dies nicht der richtige Ort, nackt zu tanzen.

Ich gab Gas, und die jungen Männer warfen uns Steine hinterher. Was sie brüllten, verstanden wir nicht, jedenfalls nichts Freundliches, soviel immerhin verstanden wir. Ich dachte an Filme, wo in solchen Augenblicken der Motor streikt, nicht anspringt.

Aber Gott sei Dank befanden wir uns in der realen Wüste und nicht in einem Krimi. Ich blickte auf Hannah und sah das erste Mal in ein besorgtes Gesicht, richtiger: Profil, sie blickte geradeaus und machte sich Gedanken, Gedanken welcher Art? Ich wußte, daß sie über die Gesichter der Männer nachdachte. Feindseliger als die Männer konnte man nicht aussehen. Was hätten sie mit uns gemacht, wenn wir stehengeblieben wären? Uns das Geld abgenommen, geschlagen, gefoltert, Hannah vergewaltigt, umgebracht? Wer so aussieht, führt nichts Gutes im Schilde.

Ich wußte, daß es falsch gewesen wäre, Hannah mit der Bemerkung, das sind Nazis, Leute, mit denen du dich geistig verbunden fühlst, in ein Gespräch zu ziehen. Außerdem, dachte ich, würde sie womöglich in die Denk- und Redeweise von Frau Bunge oder Professor Horvath verfallen. Wieso Bunge und Horvath! Bunge, eine wunderbare Begleiterin, und Horvath, ein wunderbarer Lehrer, was unterstelle ich den beiden? Aber irgend jemand muß sie doch auf diese merkwürdigen Gedanken gebracht haben!

Wenn Hannah jetzt begänne, die Situation zu erklären, kämen aus ihrem Munde theoretische Ausführungen. Ich kenne sie, in solchen Augenblicken wirkt sie streng und unbelehrbar. Ihr Wortschatz könnte dann aus einem Lehrbuch stammen, und ich dachte für Augenblicke darüber nach, wann denn der richtige Augenblick für ein solches Gespräch wäre. Hannah fotografierte nicht, sie blickte nicht links, nicht rechts, sie blickte auf ihre Hände, die auf ihren Knien lagen. Sollte ich sie mit ihren Gedanken allein lassen, oder sollte ich jetzt ein Gespräch beginnen?

Und da die Landschaft immer gewaltiger wurde, die Berge ragten schwarz in den Himmel, sagte ich mehr für mich: Hier sind die Gesteine schwarz, eben noch rötlich, jetzt rabenschwarz.

Und dann sagte sie: Bärchen, hör auf, über den Krieg nachzudenken, laß uns Afrika genießen, und hör auf, mich ständig zu beobachten, in meinem Gesicht zu forschen!

Tu ich das?

Ja. Immer, ständig. Laß doch mal die Leine los!

Aber ich lasse sie doch los.

Das tust du nicht. Bei den Nachrichten über den Krieg in Kosovo willst du, daß ich Erschütterung zeige, aber das kann ich nicht, nicht auf Knopfdruck. Ich bin neunzehn, noch auf der Suche.

Aber irgendwann mußt du auch finden.

Und du? Du bist neunundsechzig, hast du gefunden? – Wenn ich früher in Wendenschloß im Wald war, sagte sie, und es schon dunkelte, hatte ich Angst und begann zu singen, was mir gerade in den Kopf kam, egal was, Schlager, Volkslieder … Laß uns was singen.

Hast du Angst?

Ich versuche, keine zu haben, sagte sie.

Was wollen wir singen?

Volkslieder.

Volkslieder?

Ja.

Gut, ich versuche mitzusingen.

Und nun sangen wir eine halbe Stunde Volkslieder, laut und ein wenig falsch, was meinen Teil betrifft.

Komm, laß uns tanzen, Bärchen, diese Stadt ist verrückt, ich bin es auch. Sei du doch auch ein bißchen verrückt, sagte Hannah. Das ist afrikanische Musik! Die Trommeln, der Rhythmus! Komm, Bärchen, zier dich nicht, vergiß den Krieg, vergiß, über mich nachzudenken, tanze mit mir!

Tanzen? Mit dir? Hier, auf dem Marktplatz? Außerdem ... bin ich der schlechteste Tänzer der Welt!

Hannah ließ keine Diskussion zu, wir tanzten. Bald tanzten andere mit.

In dieser Stadt ist alles möglich, sagte Hannah. Weißt du, wie ich mir vorkomme, sagte sie. Wie Florentino in »Die Liebe in den Zeiten der Cholera« von Márquez. In der Straßenbahn sieht er ein junges Mädchen, und da Karneval ist, spendiert er ihr ein Eis und lädt sie zum Tanzen ein. Und sie sagt: Ich nehme das gerne an, aber ich warne Sie, ich bin verrückt. Und er lacht und sagt: Komischer Einfall. Und sie tanzt, als sei es ihr Beruf, kühn und voller Einfälle, und schüttelt sich im Fieber des Karnevals vor Lachen aus. Du weißt ja nicht, worauf du dich mit mir eingelassen hast, ich bin eine Irre aus der Klapsmühle.

So komme ich mir auch vor, antwortete ich, aber du tanzt auch kühn und voller Einfälle.

Aber ich werde nicht von zwei Wärtern ergriffen und ins Irrenhaus zurückgebracht, wie das junge Mädchen im Roman, sagte Hannah. Niemand war darauf gekommen, daß sie beim Tanzen auf der Straße sein könne und nicht in irgendwelchen Häusern versteckt. Denn sie hatte einem Wärter die Kehle durchgeschnitten und zwei weitere mit einer Machete schwer verletzt.

So tanzten wir in Marrakesch, verrückt und nicht bei Sinnen, und blickten uns um, ob wir von Wärtern ergriffen würden, um in die Klapsmühle gebracht zu werden. Aber Hannah war so niedlich verrückt, so unschlagbar in ihren Tanzkombinationen, daß ich vermutete, sie tanzte sich die beiden jungen Männer aus dem Kopf, die uns bedroht hatten. Und ich überlegte, ob ich eine Machete in den Händen der Männer gesehen hatte, aber die Erinnerung gab keine Machete her.

Du tanzt besser, als ich dachte, sagte sie.

Mittlerweile war der Platz voll mit Tänzern, selbst zwei Pferdekutschen mit Hochzeitspaaren waren stehengeblieben. Die Hochzeitspaare stiegen aus, die Bräute in ihren langen Kleidern verhakelten sich beim Aussteigen. Eine Braut wäre dabei beinahe auf die Nase gefallen, aber nun … Auch sie tanzten.

Hannah lachte. Du siehst, was man alles in Bewegung setzen kann, man muß nur anfangen! Ach, Bärchen, die Leute denken, wir sind ein Liebespaar.

Na, sagte ich, ich könnte dein Großvater sein.

Schöne Vorstellung! Mein Liebhaber ist mein Vater und Großvater in einer Person, also drei in einem.

Wir alberten wie Verliebte; an einem Stand tranken wir Rotwein.

In dieser Stadt, sagte Hannah, wäre ich gerne auf die Welt gekommen.

Ja? Und was wäre dann anders? fragte ich.

Dann wäre ich noch verrückter.

Noch verrückter?

Du meinst, das geht gar nicht mehr?

Kaum noch, antwortete ich.

Dann sagte sie: Bärchen, wann oder wie hast du das erste Mal geliebt?

Tsss, das ist eine Frage! Als ich so alt war wie du.

Da hat mir Helen aber anderes erzählt!

Was denn?

Von Juni und Juli, von Arnold und dir.

Ach ja, das hätte ich beinahe vergessen, sagte ich und lachte.

Neben uns stellte sich ein älterer Mann mit durchgeschwitztem Anzug, er keuchte und sagte auf französisch: Habe noch nie in meinem Leben so verrückt getanzt.

Und Hannah erwiderte ebenfalls auf französisch: Dann lassen Sie uns darauf anstoßen!

Wir tranken und lachten herzhaft und nahmen die alte Dame neben uns, die aber, wie sich herausstellte, keine war, zunächst nicht zur Kenntnis. Sie klopfte dem älteren Herrn auf die Schulter und flüsterte böse und erregt: Na, hast du dich genug amüsiert, alter Hurenbock? Ist dir noch nicht heiß genug? Mußt du auch noch wie ein Verrückter mit jungen Huren herumspringen? Sieh mal deinen Anzug an, völlig durchgeschwitzt! Sonst kommst du nicht die Treppen hoch, keuchst und röchelst wie ein abgestochenes Vieh, aber hier, hier in aller Öffentlichkeit dich lächerlich machen, das kannst du, das kannst du!

Die Dame, die nur äußerlich eine war, drehte sich um und ging die Straße hinunter. Der alte Mann lächelte verlegen, hob die Schultern und ließ sie wieder fallen. Ihm war es wohl sehr peinlich. Dann folgte er ihr, er versuchte den Abstand zu verkürzen, dabei sich umdrehend, eine hilflose Geste mit den Armen ausführend, die wohl ›Es tut mir leid‹ ausdrücken sollte.

Und nun gesellten sich die Hochzeitspaare zu uns. Sie hatten rote Gesichter, auch sie keuchten vom Tanzen, aber sie waren glücklich. Einer der Ehemänner betrachtete Hannah etwas länger als erlaubt, lachte, Hannah lachte zurück. Dann stießen wir an auf eine glückliche Ehe. Und Hannah stieß mit der jungen Frau des Mannes, der Hannah etwas zu eindringlich betrachtet hatte, an und fragte, auch auf französisch natürlich: Wo werden Sie feiern?

Bei meinen Eltern, dann bei seinen Eltern, dann bei ihren Eltern, bei seinen – sie zeigte auf den anderen Ehemann, dann auf dessen Frau – und dann bei ihren Eltern. Das wird eine große Familienfeier, eine Feier, die nie mehr aufhört. Wollen Sie mitmachen?

Hannah antwortete angesichts des Ehemannes, der Hannah noch immer zu eindringlich ansah: Danke für die Einladung, aber wir haben Karten für die »Zauberflöte«.

Hannah hatte sich geirrt, das Gastspiel der »Zauberflöte« hatte schon stattgefunden. Die Plakate hingen überall sinnlos in der Stadt herum und täuschten die Besucher.

Schade, sagte Hannah, eine meiner Lieblingsopern.

Wirklich? fragte ich.

Ja.

Ich habe mir nie viel aus der Geschichte gemacht, sagte ich.

Ich ja, ich mag sie, schon der Beginn, antwortete Hannah. Wenn Tamino auftritt, mit dem Bogen in der Hand, aber ohne Pfeil, er hat danebengeschossen, ist das nicht mutig, solche unheldischen Helden? – Was hältst du von Brahms? Statt »Zauberflöte« gibt's sein Violinkonzert, laß uns dahin gehen.

Aber Hannah! Das würde ich lieber von dir hören.

Mich interessiert das, sagte sie, die Konkurrenz.

Einverstanden.

Die junge russische Geigerin spielte technisch ausgezeichnet, und Hannah nickte und sagte: Sie würde noch viel besser spielen, nur müßte sie die Noten fühlen.

Wie gerne hätte ich Hannah gehört! Der letzte Satz schien mir zu akademisch, zu genau. Und Hannah, das sagte ich schon, bei ihr hat man immer das Gefühl, ihr fällt das, was sie spielt, augenblicklich ein.

Was kommt jetzt? fragte ich, unsere Plätze nach der Pause aufsuchend.

Brahms' Vierte.

Wir kamen etwas zu spät, man saß schon. Nun drängelten wir uns durch die Reihe, man mußte aufstehen, etwas unfreundliche Gesichter. Hannah lächelte, und sofort wurde zurückgelächelt. Im Gegenteil, ich konnte mich des Eindrucks nicht erwehren: Man stand gerne auf. Ich war stolz auf meine Tochter, die so selbstverständlich Unfreundlichkeit in Freundlichkeit verwandelte.

Kaum saßen wir – das Orchester stimmte noch die Instrumente –, lehnte sie sich zu mir herüber und flüsterte: Kennst du Brahms' Vierte?

O ja, die habe ich viele Male von den Berliner Philharmonikern gehört, nach fünfundvierzig, Titania-Palast, Sergiu Celibidache, Bruno Walter, damals, als die Stadt noch eins war.

Du meinst vor der Mauer?

Ja, ja, vor der Mauer. Arnold war die treibende Kraft, er war verrückt nach Musik. Er wäre am liebsten Cellist geworden.

Ich habe die Vierte auch von den Berliner Philharmonikern gehört, kenne sie auswendig. Ich gehe regelmäßig in die Philharmonie, mit Karin Bunge. Ich werde im Herbst das Konzert von Chatschaturian mit ihnen spielen, das ist eine Auszeichnung. Ich freue mich riesig darauf.

Karin Bunge?

Ja. Meine Begleiterin. Brahms' Sonaten habe ich mit ihr aufgeführt, das Scherzo c-Moll. Als er es schrieb, war er so alt wie ich. Warum soll ich es nicht so gut spielen wie er es geschrieben hat. Und die Regenlied-Sonate? Er hat sich selbst bestohlen. Er hat es Clara Schumann … Dann unterbrach sie sich und flüsterte: Daß Arnold Cellist werden wollte, weiß ich. Ich mag ihn. Ich fühle mich ihm verwandt.

Der Dirigent erschien. Ein junger hagerer Mann, sehr blaß aussehend, dessen Name für mich unaussprechbar war und blieb, ein Finne. Während des Konzertes dachte ich wieder über den richtigen Zeitpunkt nach, um das Gespräch mit Hannah endlich zu beginnen.

Draußen regnete es, und ein langer Trauerzug marschierte an uns vorüber.

Schade. Ich hätte gerne im Regen getanzt, lachte Hannah, aber dieser Trauerzug versaut mir die Freude. Und nun die Trauerglocken! Wer mag gestorben sein? War sicher ein General.

Nun setzte auch noch die Militärkapelle ein.

Und die Bläser! Mein Gott, die Bläser sind so verkehrt, weiß Gott, nach Brahms' Vierter nun diese Kapelle, die von sauberen Tönen nichts hält! Wie ist das, Bärchen, grinste Hannah, wenn man tot ist und solche Musik hört? Als Dichter muß man doch schon mal tot gewesen sein, in seiner Vorstellung wenigstens. Will man da nicht den Sarg öffnen und rausbrüllen: Macht gefälligst anständige Musik! Ich bin doch nicht gestorben, mir dieses Katzengejammer anzuhören! Überhaupt – was meinst du, wer mag im Sarg liegen? Frau oder Mann? Edelfrau oder Edelmann? Klug oder dumm? Ein Genie?

Hoffentlich taub! antwortete ich, und Hannah lachte.

Wir standen im Portal des Konzerthauses mit anderen Konzertbesuchern, und warteten, daß der Regen aufhörte. Aber der dachte nicht daran.

Wir wären gerne im Regen durch die Straßen gegangen, aber ich hatte einen schwarzen Anzug an, den ich nicht verderben wollte. Hannah dagegen wollte los.

Gib mir dein Jackett! Ich schiebe es mir unter die Bluse, und deine Hose bügele ich. Laß uns durch den herrlichen Regen gehen, ein Geschenk des Himmels. Er wird uns abkühlen.

Kannst du denn bügeln? fragte ich.

Natürlich!

Ich habe dich noch nie bügeln gesehen.

Ach, Bärchen, du hast noch vieles nicht gesehen.

Hannah schob ihren Arm unter meinen, dann kam sie näher an mich heran und sagte, so leise, wie es bei der lärmenden Kapelle ging: Ich kann deine Gedanken hören, Bärchen ... Du willst mehr über Karin Bunge hören, du willst meine Beziehung zu ihr wissen, aber ich möchte darüber nicht reden. Es gibt auch gar nichts zu berichten außer – daß sie eine wunderbare Begleiterin ist.

Junge, Junge, Junge, dit is ja een Ding, brubbelte ein Tourist aus Berlin. Wenn alle Kirchenglocken in Marrakesch läuten, mein lieber Scholli, det kostet wat, wa? Und ick dachte, een Toter kostet jar nischt, wa. Hab ick mir jeirrt, wa?

Komm, sagte ich, laß uns gehen, der Regen wird weniger.

Gib mir dein Jackett, sagte Hannah.

Sie schob es in ihre Bluse und sagte: Wie sehe ich aus? Bin ich im vierten, im fünften, im neunten Monat? Werden es Zwillinge? Was meinst du, Bärchen?

Im neunten.

Wie dick war Helen, als sie mit mir im neunten war?

Wie ..., wie dick ..., das weiß ich nicht mehr.

Ach, Bärchen, was weißt du schon. Komisch, daß ihr Schriftsteller nie die Augen aufmacht.

Nach längerem Laufen durch den anhaltenden Regen sagte sie: Ich bin süchtig nach meiner Geige, habe sie vier Tage nicht mehr angefaßt. Zu Hause werde ich das Brahms-Konzert spielen.

Davon hast du mir nie erzählt, antwortete Hannah und nahm einen Schluck Rotwein, einen zu großen Schluck, denn plötzlich bekam sie einen Lachanfall und prustete den Wein über den Tisch, mir beinahe aufs gerettete Jackett. Das Tischtuch war hin, mein Jackett jedoch unbeschädigt.

Rotwein und Regen überstanden, da habe ich ja noch einmal Glück gehabt, sagte ich.

Ja.

Was ich ihr so Lustiges erzählt habe, habe ich vergessen, behalten habe ich nur ihre Reaktion. Hannah entschuldigte sich beim Ober, und der entschuldigte sich seinerseits, als habe er das Tischtuch versaut. Ein bißchen zu viel Höflichkeit, dachte ich, und Hannah sagte: Hast du schon mal einen so höflichen Ober in Köpenick erlebt? Wohl kaum.

Warum mußtest du so lachen? fragte ich.

Ohne meine Frage zu beantworten, sagte sie: Wo traft ihr euch das erste Mal, Arnold und du?

Das war 1936, in Neukölln, da …

Nicht in Köpenick-Wendenschloß? fragte Hannah.

Nein, nein, da zogen wir erst dreiundvierzig hin, auch Arnolds Familie zog dahin, wegen der Bomben. Sechsunddreißig waren wir noch in Neukölln. Arnold kam aus Danzig, ich aus Lyck, der eine aus West-, der andere aus Ostpreußen.

Weiter, weiter, erzähle weiter!

Es war, glaube ich, beim Schulbeginn, ja, beim Hymnengesang. Zu Beginn der dreißiger Jahre gab es in Neukölln drei Oberschulen: die linksorientierte Karl-Marx-Schule, die liberale Walther-Rathenau-Schule, aber das ist ja gar nicht wichtig. Wir gingen zunächst auf die katholische Britzer Realschule, und da mußten wir bei der Einschulung die beiden Hymnen singen: »Deutschland, Deutschland über alles« und »Die Fahne hoch«. Mit erhobenem Arm, den wir dem Vordermann auf die Schultern legten, weil die Hymnen so lang waren und der Arm uns immer tiefer rutschte, weil er schwerer wurde. Ich legte meinen Arm auf Arnolds Schulter. Kein Protest. Er ließ den Arm, wo er war. Das war der Beginn unserer Freundschaft.

Dein Arm auf seiner Schulter? wiederholte sie. Aber du kannst doch gar nicht singen.

Für die beiden Hymnen reichte es. Ich sang beherzt, aber falsch, und Arnold sehr musikalisch, aber mit Textschwierigkeiten.

Wurdet ihr Freunde, weil ihr beide aus dem Osten kamt?

Nein. Wir mochten uns einfach. Ich hatte Arnold deinen Großeltern, also meinen Eltern, vorgestellt.

Besonders deine Großmutter war sehr mäkelig mit meinen Freunden, aber Arnold mochte sie sofort. Außerdem gab er furchtbar an, was er alles über die Liebe wüßte, das imponierte mir natürlich.

Nicht seine Leistung?

Ja, die auch, aber mehr, was er alles über die Liebe wußte.

Hattet ihr schon etwas mit Juni und Juli?

Das kam später. Zum Zeitpunkt unserer Angebereien wußten wir überhaupt nicht, worüber wir sprachen.

Dein erstes Liebeserlebnis, bitte erzähl es.

Soll ich dir das erzählen? Ich weiß nicht recht … Gut. Gut, ich werd's dir erzählen.

Auf Arnolds Hinterhof standen Kastanienbäume, begann ich. Wir versteckten uns hinter diesen Stämmen und beobachteten ein gerade neu entstandenes Bordell. Bordell ist vielleicht übertrieben, jedenfalls eine Absteige mit einigen Huren – Huren ist vielleicht ebenfalls übertrieben, jedenfalls einige Mädchen, die es für Geld machten. Mindestens zwei von ihnen vergötterten wir, ja, wir nannten sie Juni und Juli.

Wieso? Wieso Juni und Juli?

Weil sie in diesen Monaten am wenigsten anhatten, ihre Röcke am kürzesten waren und die Beine am längsten schienen. Sie kamen aus Stralsund, dem Norden des Landes, und gelegentlich schnackten sie Platt. Aber sie waren jung und klug und zeigten uns nicht gleich, daß sie uns für Stümper in der Liebe hielten. Die Puffmutter nannten wir Dezember, weil ihre Haare weiß wie Schnee waren. Juni brachte mir bei, daß Frauen gar nicht vergöttert werden wollen. Ich solle auch nicht das Licht ausmachen, so weit kommt es noch! Ich kaufe doch nicht die Katze im Sack! sagte sie. Jedenfalls rechnete ich es Juni hoch an, daß sie nicht über mich lachte, denn sie war die erste, die ich verführte. Dabei verführte sie mich. Ich hatte ja keine Ahnung, was verführen ist.

Ach, war das kein schönes Erlebnis?

Nein ..., nicht wirklich. Danach habe ich auch nie wieder angegeben, habe nie wieder behauptet, sie sei die zwölfte gewesen, nein. Ich hatte alles verkehrt gemacht. Ich war noch nicht einmal in der Lage, mich selbst auszuziehen, alles machte sie. Ich lag auf einem alten Sofa, so steif wie ein Brett, und dachte, hoffentlich ist die Angelegenheit bald vorüber. Obwohl ich danach nicht begriff, was an der Liebe so schön sein soll, liebte, vergötterte ich sie, für mich, leise, meine Vergötterung war nicht vorzeigbar. Ihr gegenüber bemühte ich mich, so lässig wie möglich zu sein. Kaum war ich alleine, dann ...

Na? Na, sag doch, was war dann?

... weinte ich, so sehr vergötterte ich sie.

Und Arnold?

Hatte es mit Juli, so erzählte er es, aber vielleicht auch mit Juni, wer weiß das schon? Denn obwohl er ständig über die Liebe sprach, in diesem Falle schwieg er. Jeder macht ja ein Geheimnis aus seinem ersten Liebeserlebnis.

Wie hat dich denn Juni verführt?

Ach, das war entsetzlich.

Entsetzlich?

Sie dachte wohl, als Nutte müsse sie Theater machen. Sie war selbst noch neu in der Branche, so glaube ich jedenfalls. Eine grauenvolle Veranstaltung. Sie spielte Begierde. Sie zog ihre Bluse aus und warf sie quer durch den Raum auf das Sofa in der Zimmerecke, mit einer großen Geste. Die Korsage flog aufs Kopfkissen. Sie verteilte Rock mitsamt Unterrock und schwarzseidenen Strümpfen unter Stöhnen auf dem Boden, auf den Stühlen, auf dem Tisch. Zuletzt schlüpfte sie aus dem Spitzenhöschen, indem sie es elegant die Beine runterrutschen ließ, dann kam sie auf mich zu und schlitzte mich auf wie ein Fisch. Es war furchtbar, alle Knöpfe an meiner Kleidung fand sie in Windeseile, sie knöpfte mich von unten nach oben auf, beginnend beim Hosenschlitz und beim Kragenknopf aufhörend.

Hannah lachte: So hast du es bestimmt in einem deiner Romane beschrieben.

Ja, gab ich zu, das stimmt.

Arnold räkelte sich im Sessel. Hatte ich ihn mit unseren ersten Liebeserlebnissen gelangweilt?

Habe ich das? fragte ich ihn.

Im Gegenteil, antwortete er.

Ich verkürze, zumal weder auf der Autofahrt nach Essaouira noch dortselbst Erwähnenswertes geschah, außer daß Hannah ausgeglichen und glücklich blieb dergestalt, daß es mir wie ein Verbrechen vorkam, sie gegen Ende der Reise mit der Wahrheit strafen zu müssen. Die Tage dort waren die schönsten in ihrem und in meinem Leben.

Es sind die geheimnisvollen, unerklärbaren Dinge des Lebens, begann ich. Du denkst an jemanden, und etwas später triffst du ihn, oder er ruft an. Oder du erhältst einen Brief. Eine Vorahnung, die Dinge geschehen läßt, die man eben dachte.

Als ich mit Hannah am nächsten Abend in der Hotelhalle saß, glaubte ich, wie ich schon sagte, dich im Hotel zu wissen. Eine Vorahnung, die dich dasein ließ hinter mir, über mir in einem dieser kleinen Balkone, ja, da würdest du auf uns herab blicken, deinen Kopf über die Brüstung lehnen. Aber nein, ich werde dir das Vergnügen, hinter mich oder hinauf zu blicken, nicht machen. Eine Stimme sagte mir, wenn sich unsere Blicke träfen, würde es Komplikationen geben, die nicht zu kontrollieren wären. Immer warst du in schwierigen Situationen meines Lebens zur Stelle, als wären sie von dir herbeigerufen worden.

Sándor Márai sagt in seinem Roman »Die Glut«: Zwischen Männern liegt die tiefe Bedeutung der Freundschaft in der Selbstlosigkeit, darin, daß wir vom anderen keine Opfer, keine Zärtlichkeit erwarten. Wir wollen nichts anderes als die Vereinbarung eines wortlosen Bundes wahren.

Was waren die Gründe dafür, daß du zur Stelle warst? Wenn etwas gegen mich geschah, wenn das Schicksal sich gegen mich wendete, warst du in meiner Nähe. Führte dich dein Haß zu mir? Aber warum Haß? Du warst der Begabtere in der Schule, du warst schon Rechtsanwalt, als ich noch suchte, noch nicht wußte, soll ich Poet, Schriftsteller oder Journalist werden? Warum Haß? Hast du mir Helen nie verziehen, die du wolltest, die aber mich vorzog? Hast du mir Hannah nie verziehen, die meine, aber in Wirklichkeit deine Tochter war?

Du warst zur Stelle, warst bei Helen, als ich für eine Woche in Moskau war. Es hat dir nichts ausgemacht, mich zu betrügen. Warst du eifersüchtig auf meine literarischen Erfolge? Ja, es war mir gelungen, woran weder du noch ich in unserer Schulzeit dachten –, daß ich einmal erfolgreicher als du sein könnte.

Und dann Hannah. Tatsächlich hatte ich das sichere Gefühl, daß ich von uns beiden der vom Schicksal auserwählte war, indem es mir nach Helen Hannah schenkte, und daß es dir nicht aufgegangen war, daß du der Vater sein könntest, daß du nicht bis neun zähltest, als Hannah pünktlich neun Monate nach deinem Betrug das Licht der Welt erblickte.

Aber immer wieder die Furcht, doch, du habest gezählt und ließest mich Vater sein, um irgendwann einmal, zu einem Zeitpunkt, den du bestimmst, mit der Wahrheit herauszurücken, der ekelhaften Wahrheit. Wir wollen nichts anderes, als die Vereinbarung eines wortlosen Bundes wahren, sagt Márai. War dein Haß eine solche wortlose Vereinbarung?

Als ich mich mit Hannah in die Hotelhalle begab, war ich beinahe sicher, daß der Zeitpunkt gekommen war, wo du die Fäden zogst, wo du hinter meinem Rücken erschienst, um mein Leben zu zerstören. Denn darum ging es dir doch wohl, mein Leben zu zerstören. Mein Leben, das glücklicher schien als deines. Mein Glück, ich gestehe es, war mir zu Kopf gestiegen, ich war überheblich geworden, ich habe mich nicht in Demut dareingeschickt, daß mich das Schicksal bevorzugte. Ich hatte nicht begriffen, daß dieser begnadete Zustand nur so lange währt, solange man ihn nicht in Kleingeld umtauscht. Die Welt verzeiht nur denen eine Zeitlang, die begreifen, daß Glück und Demut zusammengehören.

Meine Enttäuschung über deinen Betrug, dein Schweigen, dein Wegbleiben. Nach diesem Verrat hieltest du jahrelang Distanz, entferntest dich von mir. Und als wir uns nach Jahren wiederbegegneten, spieltest du mir eine Herzlichkeit vor, die nicht echt war, nicht echt sein konnte. Dein schlechtes Gewissen hatte offensichtlich die Oberhand gewonnen, du spieltest mir etwas vor, was in deinem Wesen nur selten vorkam: Herzlichkeit. Und jetzt sollst du die ganze Wahrheit kennenlernen …

Helen und ich wünschten uns nichts sehnlicher als

ein Kind. Aber es klappte nicht. Warum, wieso – Fragen, die wir Ärzten stellten, die aber keine Antworten hatten. Ein Gynäkologe meinte, wir sollten es so versuchen: Er kniete sich auf den Boden und machte uns vor, wie. Lauter Peinlichkeiten. Aber wir blieben erfolglos. Bis mir ein Arzt mitteilte, ich sei zeugungsunfähig. Also was nun? Adoptieren? Ja. Und das taten wir. Eine Woche hatten wir ein Baby, dann erschien die verzweifelte junge Mutter und holte es wieder zurück. Ich erspare dir weitere Einzelheiten.

In dieser Zeit stürzte ich mich doppelt in meine Arbeit. Es erschienen drei Romane, und ich dachte nicht mehr über ein Kind nach, oder versuchte, nicht darüber nachzudenken. Bis mir eines Tages ein Gedanke kam, blitzartig, den ich wünschte, nicht gehabt zu haben. Aber er kam wieder. Ich wehrte mich gegen ihn, aber er ergriff von mir Besitz, er nahm konkretere Formen an. Ich begann über ein Dreipersonenstück nachzudenken, in dem es für mich keine Rolle gab. Ich war gewissermaßen nur der Autor. Aber was heißt, nur der Autor? Das Stück war meine Erfindung, der dramaturgische Verlauf klar, er zeigte, wie wir zu einem Kind kämen.

Aber wie sollte ich dieses Stück spielen lassen ohne den Hauptdarsteller? Und es handelte sich bei dieser Hauptrolle um eine gemeine, niederträchtige Rolle, eine Rolle, die den Autor selbst in Verzweiflung brächte. Eine Rolle gegen den Autor, wenn du so willst, ich erdachte ein Stück gegen mich, das ich aber spielen lassen wollte, um mein Ziel zu erreichen, richtiger: unser Ziel, Helens und meines – ein Kind zu haben.

Helen war ein Mitspieler, den ich zu überzeugen hatte. Nachdem ich einen Monat mit diesem Gedanken umhergelaufen war, trug ich ihn stückchenweise Helen vor, wobei ich so tat, als handele es sich um einen schlechten Witz. Und so reagierte sie, sie ging in die Küche. Aber: Was ich erreichen wollte, hatte ich wohl erreicht, das Säen eines Körnchens. Nach zwei Tagen wieder. Dasselbe. Sie verschwand. Als ich es am dritten Tage wieder versuchte, sagte sie: Ich habe das Gefühl, du meinst es ernst mit diesem Gedanken. Er ist der widerlichste, den ich je von dir gehört habe, und verschwand, aber zögerlich. An ihrem Rücken konnte ich ablesen, daß ich auf dem richtigen Weg war.

Nach einer Woche fragte sie mich, wie ich es mir vorstellen würde, diese Schurkentat umzusetzen. Und ich setzte ihr meinen Plan auseinander. In diesem Stück solltest du, Arnold, die Hauptrolle übernehmen. Wie ich dir schon sagte, wußte ich um deine Anfälligkeit, zur Stelle zu sein, wenn es darum ging, mir zu schaden, mir Wunden zuzufügen, Wunden, die ich in diesem Falle bereit war mir selber zuzufügen. Du solltest der Vater unseres Kindes werden.

Helen war noch immer dagegen. Tausend Gründe fielen ihr ein, es nicht zu tun. Wenn das Kind nicht gesund wäre? Eine Mißgeburt? Es wäre die gerechte

Strafe Gottes, nein, nein! Und wieder andere Gründe, die Argumente schienen ihr nicht auszugehen. Doch ich schaffte es behutsam, die Gründe in ihr Vorteil zu verwandeln, ich gestehe, ich war der Mephisto des Stückes.

Ja, es war eine Schurkentat, die ich erdachte, die Helen ausführen sollte, um sich in deinen Augen, armselig und nackt, als Betrügerin zeigen zu müssen. Mich mit dir zu betrügen. Wie werde ich später damit fertig werden, zu wissen, daß unser Kind nicht unser Kind ist, daß ich nicht der Vater dieses Kindes bin, sondern du, Arnold? Wie wird das Kind damit fertig? Eine unlösbare Aufgabe.

Ich weiß nicht, woher ich die Kraft nahm, alle ihre Argumente mit Erfolg zu entkräften, aber dann wußte ich es. Du, Arnold, gabst mir die Kraft. Wir waren verschieden, aber wir gehörten zusammen. Du warst anders als ich, aber wir ergänzten uns. Wir waren auf beeindruckende Weise Verbündete in diesem Spiel. Und ich wußte um deine Bereitschaft, mitzuspielen, mich nicht im Stich zu lassen. Du würdest die Rolle des Betrügers bereitwilligst übernehmen, ja, du würdest sie überzeugen, mit dir zu schlafen, auch wenn sie nicht wollte. Ihre Rolle würde klein ausfallen, eine Statistenrolle höchstens. Die Hauptrolle würdest du leidenschaftlich selbst übernehmen, und die hast du vortrefflich gespielt, Hannah ist der Beweis.

Und jetzt muß ich dir etwas sagen, was mir nur ganz langsam ins Bewußtsein gedrungen ist, etwas,

was ich noch immer nur zaghaft glauben mag: Du bist mir durch diesen Betrug nähergekommen. Ich habe damals begriffen, wie du dachtest, fühltest. Du wurdest ein Teil von mir. Deine Gedanken waren meinen ähnlich, denn ich hatte dich ebenfalls betrogen, ich hatte dir Hannah genommen. Ich hatte dir einen Verlust zugefügt, von dem du nicht wußtest, daß es sich um einen Verlust handelte, denn du glaubtest an deine Schuld; darum zogst du dich zurück. Ich hatte dir etwas genommen, was dein Besitz war. Und wie ich auch versuchte, die Dinge zu meinem Vorteil werden zu lassen, ich hatte dir etwas genommen, was dir gehörte: Hannah, meine geliebte Tochter, deine Tochter.

Ich saß mit Hannah in der kleinen Hotelhalle und dachte darüber nach, daß es in diesem Trauerspiel nur vier Mitspieler gab: du, Helen, Hannah und ich. Aber warum mußten ausgerechnet Hannah und ich in diesem Trauerspiel mitwirken, warum nicht du? Warum nicht du und Helen? Warum mußte gerade ich mit der Wahrheit heraus, warum nicht ihr? Warum sollte gerade ich ihr Schmerzen zufügen, der sie am meisten liebte? Denn mehr als ich kann sie keiner lieben, auch Helen nicht.

Und dann geschah etwas Merkwürdiges, von mir ungewollt. Ich nahm ihre Hand und wurde gesprochen.

Wer sprach?

Ich sagte: Arnold Andergrohs ist dein richtiger Vater, nicht ich, er ist es, er, nicht ich ...

Das sagte ich und drückte ihre Hand. Aber dann zog sie sie langsam zurück, langsam. Meine Hand blieb da, wo ich eben noch ihre gehalten hatte, und jetzt, jetzt erst wurde mir bewußt, was ich gesagt hatte.

Ich fühlte, wie Hannah erschrak, in sich zusammensank, als sei ihr eine Zentnerlast auf die Schulter gelegt worden. Da ist sie, die Gleichgültigkeit des Schicksals, dachte ich. Mich selbst trafen meine Worte, als hörte ich sie zum ersten Mal. So saßen wir beide regungslos und starrten ins Leere. Es war nichts hinzuzufügen, nichts zu sagen.

Das erste Anzeichen von Leben spürte ich erst, als Hannah zu weinen begann, und mir war klar, daß diese Last nicht aufgeteilt werden könne. Diese Last würde nicht in den Körben auf den Köpfen der Frauen weggetragen, die durch die engen Gassen der Kasbah nach Hause eilten. Diese Last war nur für sie, für Hannah.

Ich glaubte, in zwei Teile zu fallen, die eine Vaterhälfte gehörte mir, die andere auf Wanderschaft hatte sich bereits aufgelöst auf dem Wege zu dir. Zu dir, Arnold Andergrohs. Was blieb mir? Hatte ich mich auch, was ich viel mehr befürchtete, in ihren Augen aufgelöst? War ich du geworden? Hatte meine Hoffnung, sie würde dich nicht als Vater akzeptieren, keine Chance mehr?

Wo warst du, Arnold? Ruhten deine Augen auf uns, könnte es so gewesen sein? Warst du im Hotel, im Hotel Riad Al Madina? Sahst du uns zu vom ersten Rang der kleinen Halle? Saßest du auf einem dieser kleinen Balkone und riebst dir die Hände und dachtest, diese Inszenierung ist nach meinem Geschmack!? Eine Inszenierung, deren letzter Akt zwar noch nicht geschrieben, aber im Kopfe bereits fertig ist. Dachtest du das? Und warst du am Ende der Regisseur?

Ich blickte zu Arnold, aber ich sah nur seine Hände, wie sie die Asche vom Schlips wischten, dann den Schlips gegen das Licht hielten, um zu prüfen, ob die Asche auch wirklich entfernt sei. Beim Vorbeugen sah ich wieder sein Gesicht, kurz nur, aber lang genug, um festzustellen, daß es nicht mehr blaß, sondern leicht gerötet war. Hatte ich ihm zuviel zugemutet, ihn zum Regisseur eines Trauerspiels gemacht, an dem er aber nur als Zuschauer beteiligt war, vielleicht noch nicht einmal das?

Ich stand auf und wechselte die Kassette im Recorder, die Chaconne von Bach, die berühmte Chaconne en ré mineur Partita No. 2, Bach-Werkverzeichnis 1004. Arnold legte seinen Kopf auf die Sessellehne, als wolle er schlafen, aber er hörte zu. Hatte er die Chaconne nicht im Hotel Riad Al Madina gehört?

Nachdem wir lange geschwiegen hatten, stand Hannah auf, verabschiedete sich von mir und sagte: Ich möchte versuchen zu schlafen. Ich danke dir, daß du mir die Wahrheit gesagt hast. Nein, nein, sie sagte nur: Ich danke dir.

Und ich dachte, hoffentlich kann sie schlafen, aber natürlich schlief sie nicht, versuchte es gar nicht, denn ich hörte aus unserer Suite, wie schon erwähnt, die Chaconne von Bach. Sie spielte sie noch einfacher, noch schlichter als in dieser Aufnahme. Mit dem Spiel befreite sie sich und mich, löste sich der Schmerz, flog auf und davon in die sternenklare Nacht. Auch die Gäste hörten ihrem Spiel zu, und ich wußte, daß sie recht hatte, wenn sie sagte, bei Bach gibt es keine Grenzen, er hebt sie auf. Die Grenzen zwischen Leben und Tod, Diesseits und Jenseits. Bei Bach gibt es keinen Tod.

Ich schlich nach oben, wollte Hannah nicht stören, hoffentlich schlief sie jetzt. Ich ging ins Badezimmer und wollte duschen. In der Badewanne war eine Kakerlake, die über den Badewannenrand flitzte und durch den Türspalt die Freiheit erreichte. Kreaturen, mit denen ich nichts anfangen kann und die sicher mit mir auch nichts anfangen können. Ich wünschte, so schnell wie diese Kakerlake sein zu können und so überflüssig, für mich jedenfalls, und so überlebensfähig. Nach Angaben von Wissenschaftlern würden Kakerlaken die einzigen Kreaturen sein, die einen Atomkrieg überleben.

Überlebe! flüsterte ich, so leise ich konnte, überlebe alle Katastrophen dieser Welt, wenn du nur verschwindest!

Das Wasser war lauwarm, ich entschloß mich, kalt zu duschen, es war ohnehin zu heiß, immer noch über dreißig Grad. Ich trocknete mich kaum ab, hoffte, daß mich das kalte Wasser kühlen würde, und betrachtete mich im Spiegel. Ein alter Mann blickte zurück, ein eitler. Ein Übervater. Ein Mephisto.

Ich kam ins Schlafzimmer, und Hannah saß aufgerichtet in ihrem Bett. Das Licht auf der Straße beleuchtete ihre rechte Gesichtshälfte, und ich glaubte Tränen zu erkennen, glitzernde Spiegelungen in den Augenwinkeln. Und da nahm ich mein Kind in die Arme, und Hannah weinte, und auch ich hatte feuchte Augen. Noch nie war meine Liebe zu meiner Tochter so rein, so keusch, so absolut gewesen. Ich beschützte sie, der ich sie so verwundet hatte, wissend, daß ich keinen Menschen auf der Welt mehr liebte.

Um vier wachte ich auf, Hannah war im Bad. Sie erschien in einem leichten blauen Seidenkleidchen, sie beugte sich über mich, küßte mich auf die stopplige Wange und sagte, beinahe fröhlich: Guten Morgen, Hermann!

Und ich dachte noch einmal darüber nach, wie selbstverständlich das Hermann über ihre Lippen kam, ich war Hermann für sie, nicht Vater; immer war ich erfreut gewesen, wenn sie mich Hermann nannte. Diesmal erfreute es mich nicht. Aber ihr Gesicht war so freundlich, so aufgeschlossen, daß ich zufrieden war, beinahe glücklich. Würde die Wahrheit keine tiefen Spuren bei ihr hinterlassen? Würde sie es verstehen, mit ihr fertig zu werden?

In der Tür drehte sie sich noch einmal um und warf mir eine Kußhand zu. Dann schloß sie die Tür, schnell, einen Hauch von Parfüm zurücklassend.

Ich muß noch eine Hinzufügung machen, eine, die mich am meisten beschäftigte, die mir schien wie die endgültige Auflösung der Vater-Tochter-Beziehung. Hannah fragte mich in jener Nacht, in einem Moment des Nichtschlafenkönnens, ob ich sie küssen würde.

Warum wollen wir nicht einen Betrug mit einem Betrug abschließen? Du kannst mit mir schlafen, es ist doch nichts dabei, du bist doch nicht mein richtiger Vater.

Und ich sagte: Aber Hannah, du bist meine Tochter, du bist unser Kind, wie kannst du! Eine schreckliche Vorstellung, wie würde ich Helen gegenüber dastehen? Das sagte ich nicht, aber das dachte ich.

Und Hannahs Frage war auch nicht ernst gemeint, hypothetisch, sie kam wohl aus ihrer Verzweiflung …

Den Brief fand ich vor der Eingangstür. Sie hatte ihn über der Klinke in den Türspalt geklemmt, beim Öffnen der Türe flog er auf den Boden. Er war hastig geschrieben. Sie hatte es ja eilig, sie mußte nach Casablanca, den Flieger kriegen.

Ich blickte Arnold an, der seinen Kopf abgewendet ließ. Soll ich den Brief vorlesen? fragte ich.

Arnold räusperte sich, als er ja sagte.

Ich holte den Brief aus meiner Jackettasche, setzte die Brille auf und las:

Lieber Vater, lieber Hermann!

Ich verlasse Dich heute, es ist das beste für Dich und für mich. Aber auch für Helen, kurz, für uns alle. Deine Geschichte hat mich entsetzt, ich war darauf nicht vorbereitet, kann mir bis heute nicht vorstellen, wie Ihr das habt verschweigen können, wie Ihr mit dieser Lüge habt leben können. Vielleicht würde mich das alles nicht so hart getroffen haben, wenn es nicht um mich gegangen wäre. Aber so ist es offensichtlich – die Schwere eines Vorgangs spürt man wohl erst, wenn es um einen selbst geht. Nebenbei, ich fand es sehr rücksichtsvoll von Euch beiden, daß Du allein mit mir nach Marokko geflogen bist. Wenn Mutter dabeigewesen wäre, hätten wir unsere Erlebnisse, unsere Gespräche, so, wie wir sie hatten, nicht haben können. Bei Euch beiden habe ich manchmal das Gefühl, Ihr seid Euch gegen mich einig, mit Eurem Verschweigen, Euren Anschuldigungen, Ratschlägen, in Eurem Wunsch, mich zu verändern und Euch unverändert zu belassen. Habe ich da recht? Meine Frage war immer, warum ich, warum nicht Ihr? Warum konntet Ihr nicht einfach mal die Leine loslassen, mir alles Gute auf den Weg wünschen und mich gehen lassen, ohne Fragen zu stellen, ohne sorgenvolle Gesichter – mein Gott, was wird nur werden? War da keine Möglichkeit, Euch auch zu verändern?

Ich werde für Euch in diesem großen Kontinent Afrika für eine gewisse Zeit nicht auffindbar sein. Ich werde nicht schreiben, nicht anrufen. Ich werde konzertieren und für mich leben. Ich bin froh, daß ich Mutters Ratschläge – Sei vorsichtig, mein Kind, in Afrika gibt's Kriege, Hunger, Malaria, Aids! – mir nicht anhören muß. Ich habe mich auch ohne Helen kundig gemacht. Und ich hoffe sehr, daß Du die Augen aufmachst, damit Du nicht eines Tages vor den Trümmern Deiner Ehe stehst.

Leb wohl! Herzlich, Deine Hannah.

Grüße an Helen.

Als ich den Brief gelesen hatte, blickte ich nach rechts auf Hannahs Bett, suchend, als würde ich eine andere Nachricht entdecken, eine Gegen-Nachricht, die besagen würde, ich bin mit der Wahrheit einverstanden, ich habe zwar mit ihr zu kämpfen, aber besser so, als sie nicht zu kennen. Die Bettdecke war zurückgeschlagen, das zerknüllte Kissen auf dem Boden – in dieser Hitze macht mich ein Kissen verrückt, es hat so viel Wärme gespeichert, daß ich es einfach nicht ertragen kann, mag sie wohl gedacht haben. Ich legte meine Hand auf ihr Laken, als könne ich noch ihre Körperwärme spüren, als wäre sie noch auf dem Laken vorhanden, und wollte nicht daran denken, daß sie wirklich weg sein könnte.

Wahrscheinlich will sie mich provozieren, einfach ein Brief aus Lust und Laune, der, wie sie weiß, mich in Schrecken versetzen muß, sie kennt mich. Aber ich habe sie ja auch in Schrecken versetzt. Sie hat nichts anderes getan, als einen Akt der Gerechtigkeit zu vollziehen: Wie du mir, so ich dir! Oder? Nein, nein, sie sitzt sicher am Frühstückstisch, die Hitze ist so früh noch erträglich, deswegen ist sie um vier aufgestanden. So wird es sein. Sie ist nicht weg.

Ich duschte mich lange und ausgiebig, rasierte mich gründlich und hatte keine Zweifel, daß ich sie am Frühstückstisch wiedersehen würde. Ich zog mir ein seidenes Hemd an, kurzärmlig, eine helle Leinenhose, schlenderte zum Frühstücksraum und wartete auf die Überraschung – eine Hannah, die zwar nachdenklich, aber freundlich auf mich zukommt, mich umarmt und mir vergibt oder sagt: Laß uns heute nicht mehr darüber reden, laß uns das oder dies machen, ich habe mir folgendes gedacht ... Denn daß sie den Fortgang der Reise bestimmte, darüber hatte sie keinen Augenblick einen Zweifel gelassen.

Sie war nicht beim Frühstückstisch, und als sie gegen elf noch nicht wieder erschienen war, begannen meine Sorgen. Nein, sie wird wohl nicht nachdenklich, aber freundlich auf mich zu kommen, sie wird wohl wirklich gegangen sein, aber wohin? Wieviel Geld hat sie? Wie kann sie alleine in Afrika überleben, ausgerechnet Afrika? Und wie werde ich es Helen beibringen, daß meine Mission gescheitert ist, daß Hannah sich auf und davon gemacht hat? Wie hätte ich die Leine einfach loslassen sollen, wie Hannah in dem Brief schrieb? Die Leine loslassen bedeutet doch auch, die Liebe loslassen. Wie kann man, wenn man liebt, die Liebe einfach loslassen?

Am nächsten Tag wanderte ich zwei Stunden am Meer entlang, ihren Abschiedsbrief in der Tasche. Schlenderte zurück zum Hotel und fühlte mich so einsam wie nie zuvor in meinem Leben. Was kann ich tun, meine Nervosität in Grenzen zu halten? Wie kann ich mich beruhigen? Immer wieder gingen mir ihre Sätze durch den Kopf: Wollen wir nicht einen Betrug mit einem Betrug abschließen? Du kannst mit mir schlafen, es ist doch nichts dabei, du bist doch nicht mein richtiger Vater.

Wie groß muß ihre Verzweiflung gewesen sein, mich so etwas zu fragen? Mich quälte dabei, daß ich es war, der sie in diese Verzweiflung getrieben hatte. Warum hatte ich auf Helen gehört, warum nicht auf mich? Nie, nie hätte ich ihr die Wahrheit gesagt, nie! Was sollte ich also tun? Noch in Marokko bleiben und auf Hannah warten? Zwei Tage oder drei oder eine ganze Woche? Was? Gott um Hilfe bitten? Sollte ich beten? Aber ich bin kein wirklich Gläubiger, ich bin ein zaghaft Gläubiger. Eine scheue Frömmigkeit schreibe ich mir zu, eine zweifelnde, eine Gläubigkeit, in Demut zu akzeptieren. Aber ob das Beten bei meiner Art von Gläubigkeit helfen würde … ich habe da meine Zweifel.

Im Fernsehen, Sky News, sah ich die Bilder der Bombardierung Belgrads, die strengen, verlogenen

Gesichter der Politiker. Nein, nein, ich wollte nicht in diese Gesichter blicken, nicht in dem Augenblick, wo Hannah mich verlassen hatte. Ich mochte mich überhaupt nicht mit dem Krieg beschäftigen, wollte mich Hannahs Wunsch, Kriege Kriege sein zu lassen, fügen, denn ... wieviel schwerer doch die privaten Sorgen wiegen als Kriege irgendwo auf der Welt.

Mein vergebliches Warten auf Hannah, ich blieb noch drei Tage, ihren Brief hatte ich Dutzende Male gelesen. Schließlich mußte ich mich selbst überzeugen, nach Hause aufzubrechen, mußte mir sagen, daß es sinnlos sei, in einer sonnigen Stadt auszuharren, die ohne Hannah finster und dunkel blieb. Nach Hause aufbrechen? Eine dunkle Ahnung. Hatte Hannah in ihrem Brief andeuten wollen, daß meine Ehe in Trümmern lag? Oder in Trümmer gehen würde? Könnte so etwas nach fünfunddreißig Jahren Ehe passieren? Aus heiterem Himmel? Und ist mein Zuhause dann noch mein Zuhause? Man kann doch nicht ein Leben im Nichts leben.

Auf dem Flug nach Berlin gingen mir Gedanken durch den Kopf, die ich mir wünschte, nicht gehabt zu haben, aber es passierte, wie meine Gedanken es prophezeit hatten.

Helen öffnete die Tür, und ich sah in ein beinahe fremdes Gesicht.

Komm rein, sagte sie ernst, und es klang so, als sei ich nicht erwünscht. Hannah hat mir aufs Band gesprochen, sagte sie.

Dann weißt du ja alles, antwortete ich.

Ich hatte gehofft …, sagte sie, und dann schwieg sie.

Hast du deinen Ring verlegt?

Ich habe ihn nicht verlegt, sagte sie, er liegt in der Nachttischschublade.

Sie sah angestrengt aus, sie trug statt brauner Farben wie gewöhnlich eine graue Bluse, einen schwarzen Rock, die Haare straff nach hinten gekämmt. Sie machte auf mich den Eindruck, als sei sie auf einer Beerdigung.

Es regnete wieder. Helen blickte aus dem Fenster, wo es nichts zu sehen gab außer den herunterperlenden Regentropfen an der Fensterscheibe. Wie schnell sich fünfunddreißig Jahre Ehe in Regen, in Nichts auflösen können.

In Kürze zusammengefaßt, lauteten Helens Vorwürfe, emotionslos vorgetragen, etwa so:

Nein, sagte Helen nach zwei Tagen des Schweigens, es ist nicht nur meine Krankheit, es ist … alles zusammen. Wo bin ich in unserer Ehe geblieben? Jeden Morgen frische Unterwäsche, Socken und Hemden rauslegen, Einkaufen, Kochen, Saubermachen, über nichts nachdenken, außer, habe ich auch nichts vergessen, alles richtig gemacht? Und besonders wenn es um Steuersachen geht, um die ich mich alleine kümmere. Dann Hannah, ihr Eigensinn, ihre ablehnende Haltung mir gegenüber. Ach, was habe ich alles falsch gemacht? Wahrscheinlich alles. Ein Leben voller Sorgen und Pflichten. Nur wenn du weg warst, verreist warst, hatte ich frei. Ich ertappte mich dabei, daß ich deine Reisen herbeisehnte.

Ich antwortete nichts, sagte nichts. In meinem Alter hat man begriffen, daß Reden nur selten etwas verbessert. Von den wunderbaren, unvergeßlichen Augenblicken in unserer Ehe – was hat sich aufgehoben bei Helen und mir? Doch, vieles, große und kleine Momente, Sätze, Zärtlichkeiten. Für mich unvergeßlich. Als ich zuviel arbeitete und schlecht aussah, hatte sie einmal zu mir gesagt: Stirb ja nicht vor mir, ich würde mir sehr allein vorkommen.

Ich werde nicht vor dir sterben, antwortete ich. Wir sterben eines Tages, wenn wir genug vom Leben haben, gemeinsam. Wir legen uns abends ins Bett und wachen morgens einfach nicht wieder auf, abgemacht?

Ach, Kindskopf, sagte sie und lachte.

Und nach einer nachdenklichen Pause fügte sie hinzu: Der Tod kennt keine Grenzen, er kommt und geht, wie und wann er will.

Und ich dachte, daß nicht so sehr der Tod, vielmehr das Leben keine Grenzen kennt, wie Márquez in seinem Buch »Die Liebe in den Zeiten der Cholera« schrieb. Es kommt und geht, wie und wann es will.

Ja, Arnold, wie konnte es geschehen? Weißt du es? Warst du in Johannesburg, oder nehme ich es fälschlicherweise nur an? Warst du in dem Bus, in dem auch sie war? Warum nahm sie einen Bus, man hätte sie doch abgeholt? Warum lauter Unerklärbarkeiten? Unerklärbarkeiten, die nicht mehr zu erklären sind? Warum war Karin Bunge schon in Kapstadt und Hannah noch nicht? Sie hatten doch gemeinsam in Johannesburg konzertiert, und dann ist Karin Bunge geflogen, und Hannah blieb. Warum? Was hatte Hannah plötzlich bewogen zu bleiben? Was oder wer hielt sie in Johannesburg? Ja, was oder wer?

Ich werde den Verdacht nicht los, *du* warst es, *du* stecktest dahinter, könnte es so sein? Wollte sich der wirkliche Vater durchsetzen gegen den falschen? Und könnte es sein, daß Hannah sich dem wirklichen Vater verweigerte, ihn als Vater ablehnte? Ist sie deswegen in den Bus gestiegen? Wollte sie im Bus anonym sein, von dir unentdeckt? Oder stieg sie aus, hastig, übereilt, als du einstiegst? Weg, weg von dir! Dabei verklemmte sich die North-Face-Jacke in der automatischen Tür, die zuschlug. Sie wurde mitgeschleift. Die Jacke zerriß nicht. Die kostbare Geige fiel ihr aus der Hand, und ehe jemand bemerkte, daß da ein Mensch neben dem Bus um sein Leben lief, geschah es: Der Bus überrollte sie und ihre Geige.

Ich blickte auf Arnold. Er war bleich, die Röte war aus seinem Gesicht gewichen. Er war ruhig. Seine Hände zitterten nicht, als er sich eine neue Zigarre anzündete.

Nach einer langen Pause sagte ich: Das Heft mit deinen Hieroglyphen aus der Schülerzeit, das ich dir eben zurückgab, wurde von mir entschlüsselt. Du hast alles von hinten nach vorn geschrieben, nun, das herauszubekommen wäre nicht schwer gewesen. Das Schwierige deiner Geheimschrift war, daß du absichtlich Fehler einfügtest. Aber ich habe es geschafft, in monatelanger Kleinarbeit, deine Notizen zu entziffern, Geheimschrift hieß bei dir dann Tfirhcsmieheg, von hinten nach vorn geschrieben, aber du schriebst Tfirhcsmoehag, ja, nun war es vorbei mit deinem Schema.

Was du schriebst, war eigentlich nicht so wichtig, daß es eine Geheimschrift benötigte, Notizen über deine Eltern, über Lehrer, und nur einmal etwas über mich. Du schriebst: Ich will, daß mir Hermann alles über sich erzählt, ich dagegen will ihm nichts erzählen. Ich mag ihn nicht!

Über diese Mitteilung war ich bitter enttäuscht, und dieser Satz lag wie eine Grundierung unter allen unseren späteren Begegnungen, ich war auf der Hut. Ich will ihm auch nichts erzählen, ich mag ihn auch nicht, sagte ich mir. Oder wenn etwas erzählen, dann etwas Falsches. So wolltest du mit mir verfahren, und so wollte ich mit dir verfahren.

Natürlich, in unserer langen Beziehung gab es wirklich freundschaftliche Zeiten, in denen ich deine Notiz vergaß, vergessen wollte. Und um ehrlich zu sein, wenn ich gefragt worden wäre, ich solle mir jemanden für eine Weltumsegelung aussuchen, wäre ich immer auf dich gekommen. Dein Humor! Deine Klugheit! Deine Sensibilität!

Dann sagte ich mir, wenn ich mich der Notiz erinnerte: Gut! Soll er mich ruhig nicht mögen, ich mag ihn! Ich mag ihn ganz außerordentlich! Wir sind miteinander verbunden, das Leben hat es so eingerichtet, wir müssen uns mögen, denn wir werden uns niemals mehr trennen. Gerade wegen der Schicksalsschläge, der Tod Helens, kurz nach dem Tode von Hannah.

Helen gab ihren Lebenskampf auf, sie ließ die Krankheit siegen, sie …, sie wollte nicht mehr, als sie von Hannahs Tod erfuhr, als ob es ihr Wunsch war, mit Hannah wieder vereint zu sein. Nein, du kamst nicht zu Helens Beerdigung, auch nicht zu Hannahs, du konntest es nicht, oder du wolltest es nicht.

Und so kehren die Sätze aus deinem Heft wieder ins Bewußtsein zurück, so ist es mit Sätzen. Sie wandern mit einem durchs ganze Leben, am Ende sind sie um die ganze Welt gereist, um an den Ausgangspunkt zurückzukehren, einen Kreis schließend.

Vielleicht sollte ich, sagte Arnold, an der Zigarre ziehend und dem Rauch hinterherblickend – und wie immer sprach er leise, als spräche er zu sich selbst –, wir haben uns vier Jahre nicht gesehen, und in diesen vier Jahren hat sich nicht nur die Welt, auch wir haben uns verändert. Es ist beinahe zuviel geschehen. Ja, lieber Hermann, man ist nicht ungestraft Vater einer genialen Tochter, und – man ist auch nicht ungestraft sein Leben lang Geschichtenerfinder. Unser Leben, meine Freundschaft zu Helen, das alles ist so offen, so übersichtlich, so unmißverständlich, daß ich verrückt sein müßte, deinen hinterhältigen Gedanken zu folgen.

Ja, ich war in Essaouira, ich saß im ersten Stockwerk, auf einem dieser Balkone, wie du richtig vermutetest, und trank Minztee. Ich sah euch, ich hörte euch, und du hattest ihr die Wahrheit gesagt. Ich war zu spät. In der Nacht noch hörte ich Hannahs wunderbares Spiel, und ich war stolz auf sie und euch. Nicht, weil ich der eigentliche Vater war, darauf auch, aber mehr auf Helen und dich, daß ihr ihre

Begabung erkannt und ihr diesen großartigen russischen Lehrer besorgt habt.

Am Tag eurer geplanten Hochzeitsreise unternahm Helen zwei Besuche, bei ihrem Arzt und bei mir. Der Arzt bestätigte, daß der Krebs fortgeschritten sei. Ein Jahr zuvor hatte er einen Knoten in der linken Brust festgestellt und eine Operation dringend angeraten. Aber sie hatte sich aus Furcht, die Brust würde ihr abgenommen, aus Furcht, sie würde mit ihrer Krankheit deinen regelmäßigen Arbeitsablauf stören, entschlossen, sich dem Schicksal zu stellen, der schrecklichen Dinge zu harren, die auf sie zukommen würden. Beim zweiten Besuch hatte sie im Gesicht des Arztes geforscht, wissen wollen, wie schlimm es um sie stünde. Doch der schwieg. Und das Gesicht des Arztes hatte ihr klargemacht, daß der Tod vor der Türe stand.

Sie war völlig aufgelöst, als sie bei mir erschien und sagte, ihr bliebe nur noch wenig Zeit, das Leben ihrer Familie in Ordnung zu bringen, und dazu gehöre an erster Stelle, daß Hannah erführe, daß ich, Arnold, der Vater von Hannah bin.

Diese Mitteilung war für mich ein Schock. Ich – der Vater von Hannah? Dieser kümmerliche, erbärmliche Betrug auf einer Bank am Müggelsee? Nie, nicht eine Sekunde lang, habe ich geglaubt, ich könnte der Vater sein. Nicht einen Anflug von Gedanken habe ich darauf verschwendet. Ob ich nicht nachgezählt hätte, wie du mir unterstellst? Quatsch! Ob ich denn nicht bis neun zählen könne? Quatsch!

Warum? Weil mir diese Möglichkeit nie in den Kopf gelangte!

Und der Betrug selbst? Ehrlich gestanden, hatte ich nie ein wirklich schlechtes Gewissen. Erstens waren wir beide keine Heiligen, ich schon gar nicht. Und zweitens war Helen daran überraschend und fordernd beteiligt, eine Tatsache, die mich auf den Gedanken brachte, daß du sie schändlich vernachlässigt hattest. Hätte ich dir also den Betrug gestanden, hätte ich dir auch ihre Bereitschaft gestehen müssen. Aber warum? Wozu? Um dir mitzuteilen, daß du ein Versager als Liebhaber bist? Nein, das wollte ich nicht. Aber – ich der Vater von Hannah? Als Helen mir das sagte, fühlte ich mich wie ein Betrüger, aber nicht dir, sondern Hannah gegenüber. Ein Vater, der sich nie um seine Tochter gekümmert, ein Vater, der unverantwortlich gehandelt hatte.

Und nun erfahre ich, daß ich kein Betrüger, sondern ein betrogener Betrüger war. Daß der Betrug von dir ausgerechnet, ausgetüftelt, bis ins kleinste inszeniert war. Damit Leidenschaft gar nicht aufkäme, damit Liebe gar nicht entstehen könne, hast du die Bank am Müggelsee ausgesucht, mit möglichen Spaziergängern in der Nähe, ein scheußlich abgekartetes Spiel! Und ich, anfällig, wie ich bin, bin darauf reingefallen. Und Helen war deine begabte Vollstreckerin, sie führte genial aus, was du dir ausgedacht hattest. Auf welch überzeugende Weise sie mich zum Müggelsee lotste, zu dieser erbärmlichen Bühne! Denn die Bank, von dir ausgesucht, war

Bühne, das Publikum im Vorbeimarsch, pfui Teufel! Meine Bewunderung für dich nachträglich! Ich wäre auf eine so rachsüchtige Liebesstunde nie gekommen, nicht im Traume, noch mal: pfui Teufel!

Ich frage dich: Kamen dir nie Zweifel, daß, wenn man, so der Liebe entzogen, ein Kind nach deinen Vorstellungen zeugen würde, nicht vielleicht ein Monster entstehen müßte, ein schreiendes, ekelhaftes Monster, das Vater und Mutter umbringen könnte? Du mit deiner ungebremsten Phantasie hast bestimmt darüber nachgedacht. Oder sollte gerade an dieser Stelle deine sich ständig heißlaufende Phantasie versagt haben? Das ist schwer vorstellbar. Aber das Leben ist voller Überraschungen, und vielleicht ist Hannah gerade deswegen so gelungen, weil die Zeugung so erbärmlich, so lächerlich war. Ich hatte keine Ahnung, daß du zeugungsunfähig bist, ich wußte auch nicht, daß du dir über alle Maßen ein Kind wünschtest. Du sagtest zwar gelegentlich, du hättest dich gerne noch ein zweites Mal, ein Ebenbild deiner Existenz, aber das hielt ich für einen Ausspruch aus dem Munde einer deiner Romanfiguren. Wie du eben sagtest, du hattest dir vorgenommen, mir nichts zu erzählen, und wenn, dann Falsches. Ja, lieber Hermann, das hast du ein Leben lang erfolgreich durchgehalten.

Ich wußte auch nicht, daß ihr versuchtet, ein Kind zu adoptieren. Das alles wußte ich nicht, und das alles erfuhr ich nun von Helen. Und so erfuhr ich auch, daß du mit Hannah auf dem Wege nach Marokko warst, um ihr die ganze Wahrheit aufzutischen. Es war Helen, die mich, zwar nicht mit Worten, aber mit Gesten ihrer Ungeduld, ihrer Verzweiflung, aufforderte, etwas zu tun. Sie kenne dich zu gut, sie wüßte, du würdest in Marokko dich nach Geschichten umsehen, nach Material für deine Romane. Aber niemals würdest du ihr die Wahrheit sagen. Tausend Gründe würdest du finden, sie für dich zu behalten. Dich hätten Helens Wünsche nie interessiert, schon gar nicht, wenn es darum ginge, ihr einen Gefallen zu tun, schon gar nicht, wenn es darum ginge, Hannah Unangenehmes zu berichten, Hannah, die du offensichtlich mehr liebtest als sie, Helen.

Und nun, bitte, ich gestehe: Helen beeindruckte mich mehr noch als früher, obwohl ich sie immer mochte, gelegentlich viel mehr als das; deswegen war ja auch deine Idee, uns zusammenzubringen, erfolgreich. Aber als sie so aufgelöst bei mir war, da habe ich sie in den Arm genommen, Trost gespendet, eine ganz spontane Reaktion.

Immer, sagte sie, habe ich mich nach ihm gerichtet, immer auf ihn gehört, damit muß Schluß sein. Ich möchte nicht, daß Hannah in ihrer Vergangenheit forscht und dann erfährt, daß ihr Vater nicht ihr Vater ist. Ich möchte, daß sie alles weiß, auch wenn es schwer für sie sein wird. So wie Hermann sie liebt, liebt sie ihn, und ich bitte dich um deine Hilfe.

Als Helen gegangen war, entschloß ich mich, ja, ich würde nach Marokko fliegen, euch nachreisen.

Denn ich kenne dich so gut wie Helen, ich dachte, im Gegensatz zu ihr, du würdest sie mit der Wahrheit quälen. Deine Neugier, wie sie darauf reagieren würde, das wäre Material für dich. Du würdest ihr Unglück wie einen literarischen Schatz betrachten, ihn einwecken, neben allen anderen eingeweckten literarischen Schätzen, um ihn irgendwann einmal in einem Roman zu verwenden. Ja, so gut kenne ich dich. Aber: Vielleicht kennt Helen dich doch besser, vielleicht wäre es doch zu schwer für dich, deinem geliebten Kind Schmerzen zuzufügen? Vielleicht liebst du sie mehr als dich selbst? Bisher war ich nämlich davon überzeugt, du liebst wirklich nur dich, du bist wirklich immer nur an dir interessiert, an deinem Erfolg, ein Vertreter in Sachen Eigenliebe, ein Narziß, ein Übervater, ein selbsternannter Gott und – ein Mephisto!

Aber wenn nun Helen recht hat und du Hannah mehr liebst als dich selbst? Dann würdest du schweigen. Und je länger ich darüber nachdachte, desto mehr war ich davon überzeugt, daß Schweigen das einzig Richtige sei. Was soll die Wahrheit, was würde sie verbessern? Sie macht aus mir einen Lumpen, aus dir einen Lügner, aus Helen eine Betrügerin, und sie könnte Hannah ins Unglück stürzen. Was soll diese perverse Lust auf Wahrheit? Habe keine perverse Lust! Sage nichts! Schweige! Und nochmals: Schweige! Das wollte ich dir sagen. Deswegen saß ich auf einem dieser Balkone und hoffte, nicht zu spät zu kommen.

Aber dann sah ich euch, hörte Fetzen des Gespräches und war, wie gesagt, zu spät. Du hattest die Wahrheit berichtet. Auf dieses Zuspät war ich nicht vorbereitet gewesen, und nun mußte ich mich damit auseinandersetzen, mußte unsichtbar werden, mich davonschleichen. Im Davonschleichen bin ich ungeübt, denn daß der wirkliche Vater zufällig am selben Ort ist, macht den Zufall unglaubwürdig. So verdrückte ich mich, auf Zehenspitzen gewissermaßen. In selbiger Nacht fuhr ich zurück nach Marrakesch, um am nächsten Tag nach Berlin zu fliegen; aber Helen würde zufrieden sein, die Wahrheit kam in der Hotelhalle ans dunkle Licht, schade, schade, schade.

Und dann mußte ich mich ein zweites Mal verstecken, diesmal bei hellem Tageslicht, nämlich in der Halle des Flughafens. Ich stand am Ticketschalter, als Hannah die Halle betrat, ein Zufall, daß ich sie bemerkte. Ich verschwand in einer Toilette, versäumte meine Maschine, na ja … Wichtig war, daß Hannah mich nicht bemerkte. Obwohl ich sie durch die leicht geöffnete Toilettentür beobachtete – nicht gerade ein Ort, um stolz zu sein –, war ich stolz, der ausgeborgte Vater zu sein. Ich hätte sie gern in den Arm genommen, das gestehe ich freimütig, aber es wäre das Verkehrteste gewesen, was ich hätte tun können. Was hätte ich ihr sagen können, sagen wollen? Welche Peinlichkeit hätte ich heraufbeschworen, stotternde Erklärungen, Rechtfertigungen … Und sie hätte mich von Kopf bis Fuß betrachtet, den Mann, der seine Vaterschaft verleugnete, ein Lump, ein Betrüger, dazu noch ein Anwalt.

Sie stieg in die Maschine nach Casablanca, um nach Johannesburg zu fliegen, und ich flog zurück nach Berlin. Nein, lieber Hermann, ich war nicht in Südafrika, war nicht im Bus, wollte ihr nicht meine Vaterschaft aufzwingen. Ich hatte nur den Wunsch, daß die Wahrheit nicht einen unglücklichen Verlauf nehmen würde. Ich denke überhaupt, daß es ein Fehler der Menschen ist, sich Wahrheiten um der Wahrheit willen mitzuteilen. Um was zu erreichen? Daß der Mensch sich ändert? Sein Grundnaturell? Ich glaube, das kann nicht gelingen. In der Wahrheit steckt unberechenbares, zerstörerisches Potential. Sie ist auch kein bleibender Wert.

Was erwidere ich dir auf deine lange, anklagende Rede? Worauf gründest du deine Behauptung, ich sei immer zur Stelle gewesen, um dir das Liebste zu nehmen, dein Leben zu zerstören? Wohl auf die erste Hälfte deines Satzes, ich, Arnold, habe dich, Hermann, betrogen. Aber die zweite Hälfte des Satzes scheint für dich keine Bedeutung zu haben: Ich, Hermann, habe diesen Betrug gewollt. Die zweite Hälfte, die dich belasten müßte, belastet dich nicht, du sprichst dich von allen Fehlern frei. Dein denkwürdiges Gespräch mit Hannah über mich bringt dich auf keinen anderen Gedanken als: Was weiß sie, und, wenn sie was weiß, von wem weiß sie es? Könnte diesem Gespräch nicht ein anderes Motiv zugrunde gelegen haben?

Hannah hatte deinen Roman »Feinde« gelesen, in ihm spiele ich, Arnold, den Schurken, den Bösewicht, den Mann, der seinem Freunde alles nimmt, alles stiehlt, was das Leben liebenswert macht. Du hattest mich penetrant genau beschrieben, als sei ich wirklich dieser Schurke, der doch nur eine fiktive Figur war. Ist dir nie der Gedanke gekommen, du könntest mich mit deiner Beschreibung verletzen?

Aber Hannah dachte an andere, sie rief mich an, sie fragte, ob die Romanfigur identisch mit mir sei. Es war ein langes Gespräch, und ich war ihr dankbar, sie aufklären zu dürfen. Ich sagte ihr, du habest in all deinen Romanen dein Leben geplündert, und so habe auch ich herhalten müssen. Die Figur hätte nichts mit mir zu tun. Und obwohl ich gekränkt und beleidigt sei, solle sie ihrem Vater keine Vorwürfe machen, schließlich lebe er von seinem Leben, über das er schreibt.

Und daran hat sie sich wohl gehalten, sonst wäre dir klargeworden, was sie in jenem denkwürdigen Gespräch, wie du sagtest, andeutete. Ich war immer schon erstaunt, wie sehr du, der du die Menschen beschreibst, an den wirklichen Menschen vorbeilebst, wie sehr sie im wirklichen Leben unverstanden von dir sind.

Warum ich dich hasse, fragst du. Ich habe dich kritisiert, aber nicht gehaßt. Aus jeder Kritik an dir machtest du Haß auf dich. Ich hätte dich nie in der Schule abschreiben lassen, hätte mit den Händen immer alles verdeckt. Das ist Quatsch! Ich habe dich abschreiben lassen. Die Notiz von Dr. Aschenbach unter deinen Mathearbeiten, hast du die vergessen? Siehe Arnold Andergrohs, stand da.

Ich war auch nie zur Stelle, dir das Liebste zu nehmen, wie du mehrmals betont hast. Das Gegenteil ist richtig, ich habe dir das Liebste gegeben, nämlich Helen. Als wir beide um sie warben – ich denke, werben ist der richtige Ausdruck, wir waren immerhin Anfang Dreißig –, habe ich mit meinen Chancen nicht hinter dir gelegen, sondern vor dir.

Du sagtest, du habest ihr Liebesbriefe geschrieben, ob ich davon gewußt hätte? Nein, habe ich nicht. Aber ich merkte, daß du in dieser Zeit verrückt nach ihr warst. Ich glaubte, du könntest dir das Leben nehmen, dich aus dem Fenster stürzen, wenn du sie nicht bekämst. Du warst nicht mehr bei Sinnen, verrückt, aus dem Häuschen. Das, und nur das, war der Grund, mich zurückzuziehen. Was mir nicht leichtfiel, denn ich wußte, daß sie mich – und das mußt du jetzt aushalten – daß sie mich mehr mochte als dich. Soll ich dir über meine damaligen Gespräche mit Helen berichten? Ich möchte es dir ersparen. Außerdem warst du ein Meister in der Herstellung fester Bindungen, ich war mit meinen zweiunddreißig noch lange nicht soweit – ein Junggeselle aus Überzeugung.

Aber du hast recht, ich habe euch beide nach diesem Betrug gemieden. Ich fürchtete, es könnten weitere Treffen mit Helen folgen. So stehen wir uns am Ende des Lebens anklagend gegenüber und nicht weiser als früher, nicht wissend, was richtig oder falsch ist.

Und wenn ich auch als Schüler geschrieben habe, ich mag dich nicht, so korrigiere ich mich heute nach sechzig Jahren: Ich mochte dich immer wieder mal und immer wieder mal nicht, mal ja, mal nein, so ist wohl das Leben.

Wichtige andere Details deines langen Monologes möchte ich nicht kommentieren, sie sind falsch. Wollte ich sie widerlegen, würde ein ähnlich langer Monolog zustande kommen, wie deiner es war, das will ich nicht.

Einig waren wir uns immer, wenn es um Krieg und Frieden ging, aber – wie Hannah es sagte, sage ich es auch: Laß uns aufhören damit! Die Kriege haben sich verändert. Die, die wir erlebt haben, gibt es nicht mehr, und die, die es noch geben wird, kennen wir nicht. Wir wissen nur, daß sie stattfinden werden, und gerade findet ja wieder einer statt. Außerdem: Es wird ohnehin zuviel über alles geredet.

Laß uns zum Ende dieses langen Abends Helens, Hannahs gedenken, laß unsere gemeinsame Tochter Bach spielen.

Und dann geschah etwas, was in unserer über sechzigjährigen Geschichte nie passiert war: Arnold und ich gingen aufeinander zu und umarmten uns. Im Hintergrund spielte Hannah die Chaconne von Bach. Meine Tochter, unsere Tochter.

Und ich hörte sie sagen, wenn ich Bach spiele,

weiß ich, was Unendlichkeit ist. Er ist die Unendlichkeit selbst. Bach ist die Brücke ins Jenseits. Mit ihm erreiche ich die Toten. Das Nie-wieder gibt es bei ihm nicht. Nie-wieder ist wie Unendlichkeit. Bei Bach gibt es keinen Tod.

Robert Schneider
Kristus
Das unerhörte Leben
des Jan Beukels
Roman
608 Seiten. Gebunden
ISBN 3-351-03013-4

Gottsucher, Prophet, Scheusal: das unerhörte Leben des Wiedertäuferkönigs Jan Beukels

Nach »Schlafes Bruder« der neue große Roman von Robert Schneider: »Kristus« ist ein sprachmächtiges und erschütternd aktuelles Buch.
Es erzählt die Geschichte des Jan Beukels aus Leyden, der mit acht Jahren seinen Schulmeister mit dem Wunsch empört, »Kristus« werden zu wollen, sich mit 25 zum König der Wiedertäufer krönen läßt und dessen Leben mit 27 erbärmlich in einem Käfig am Lamberti-Kirchturm in Münster endet. Obwohl sich diese unglaubliche Geschichte einst zugetragen hat, ist sie in ihrer Bizarrheit, Abenteuerlichkeit und Düsternis aus dem Stoff, aus dem Romane sind. In Robert Schneider hat sie ihren Autor gefunden. Wortgewandt, mit großer sprachlicher Musikalität beschwört er Zeit und Akteure kongenial herauf.

aufbau
VERLAG

Weitere Informationen über Robert Schneider erhalten Sie unter www.aufbau-verlag.de oder in Ihrer Buchhandlung

Zvi Jagendorf
Die fabelhaften
Strudelbakers
Roman
Aus dem Englischen
von Verena von Koskull
221 Seiten. Gebunden
ISBN 3-351-02997-7

»W. G. Sebalds ›Austerlitz‹, geschrieben von Woody Allen.«

THE INDEPENDENT

Dieser federleichte, glücklich- wie traurigmachende Roman, der für den Booker-Preis nominiert war, besteht aus köstlichem Humor und verführerischer Sinnlichkeit: Er hat das Aroma eines echten Apfelstrudels, ist pikant und mit Liebe gemacht.
Familie Helfgott aus Wien kann sich 1939 nach England in Sicherheit bringen. Für den jungen Wolfy ist London mit seinen Secondhandläden, Fußballclubs und Rotlichtvierteln eine Attraktion, für seine Verwandten bleibt es ein Ort der Fremde. Voller Zärtlichkeit und Humor beschreibt Zvi Jagendorf das Leben dieser »Flichtlinge«, die sich manchmal wie Englishmen und manchmal wie Waisenkinder fühlen. Ausgezeichnet mit dem Wingate Prize.

»Unter den diesjährigen Nominierten für den Booker-Preis ist dieser Roman der glänzendste und bewegendste.«

THE GUARDIAN, 2003

aufbau
VERLAG

Weitere Informationen über Zvi Jagendorf erhalten Sie unter
www.aufbau-verlag.de oder in Ihrer Buchhandlung

Nino Filastò
Fresko in Schwarz
Ein Avvocato Scalzi Roman
Aus dem Italienischen
von Esther Hansen
277 Seiten. Gebunden
ISBN 3-351-02999-3

Ein Fall für Scalzi

Florenz – Stadt der Kunst und Stadt düsterer Verbrechen. Und in ihrem Zentrum die Kanzlei Avvocato Scalzis, der rein zufällig in die Ermittlungen über einen seltsamen Mord gerät: Ein kleiner Gelehrter wurde am Lesepult der Nationalbibliothek erdrosselt aufgefunden. Er forschte über einen Künstler der Renaissance, den berühmten Masaccio, und über ein seit Jahrhunderten verschollenes Fresko. Das aber ist der Stoff, der den kunstbesessenen Anwalt in Bewegung bringt.

»Das Interessante an Filastò ist, zu entdecken, daß in dieser lieblichen Landschaft der Toskana, in der man sich ein Verbrechen überhaupt nicht vorstellen kann, im Gegenteil die furchtbarsten Verbrechen geschehen.« ANDREA CAMILLERI

»Italienbilder voll authentischer ›italianità‹ … Filastò führt eine leichte, elegante Feder; er ist ein überdurchschnittlicher Erzähler mit sicheren Instinkten für die Erwartungen des Lesers.« F.A.Z.

aufbau
VERLAG

Weitere Informationen über Nino Filastò erhalten Sie unter www.aufbau-verlag.de oder in Ihrer Buchhandlung